마틸다 효과

THE MATILDA EFFECT

마틸다 효과

엘리 어빙 지음 ◎ **김현정** 옮김

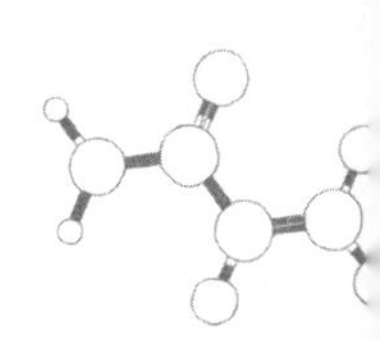

미래인

마틸다 효과

1판 1쇄 발행 2018년 1월 15일
1판 6쇄 발행 2022년 2월 10일

지은이 엘리 어빙 **옮긴이** 김현정 **펴낸이** 김민지 **펴낸곳** 미래M&B
책임편집 황인석 **디자인** 서정민 **영업관리** 장동환, 김하연
등록 1993년 1월 8일(제10-772호) **주소** 서울시 마포구 동교로 134(서교동 464-41) 미진빌딩 2층
전화 02-562-1800(대표) **팩스** 02-562-1885(대표) **전자우편** mirae@miraemnb.com
홈페이지 www.miraeinbooks.com **인스타그램** @mirae_inbooks

ISBN 978-89-8394-833-5 03840

* 잘못 만들어진 책은 구입처에서 바꾸어 드립니다.
* 미래인은 미래M&B가 만든 단행본 브랜드입니다.

늘 애쓰고 계신 우리 바바라 여사,

엄마에게 바칩니다.

차례

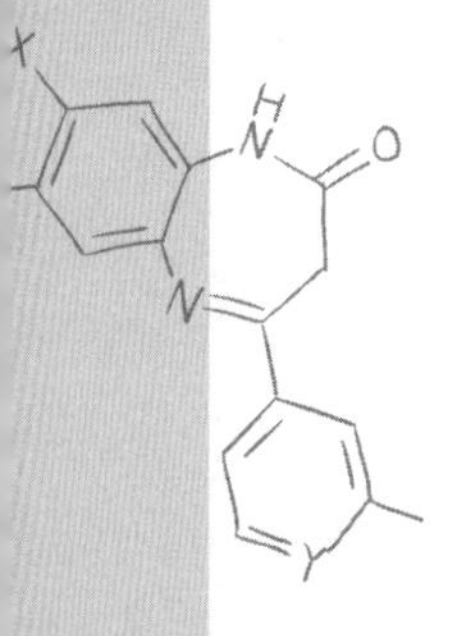

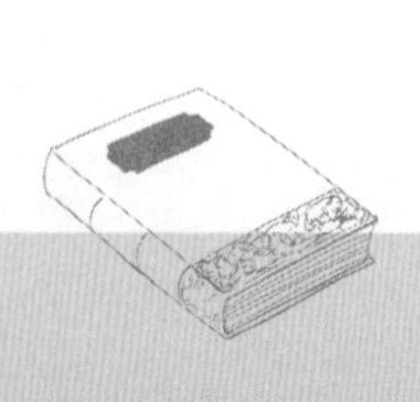

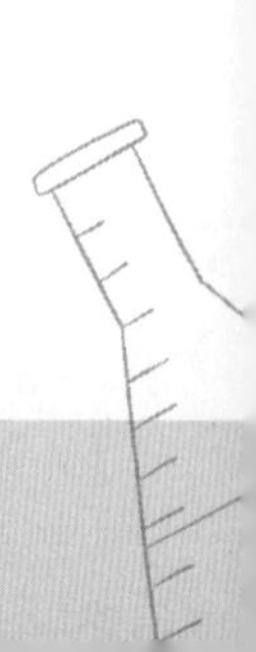

ALFR.
NOBEL

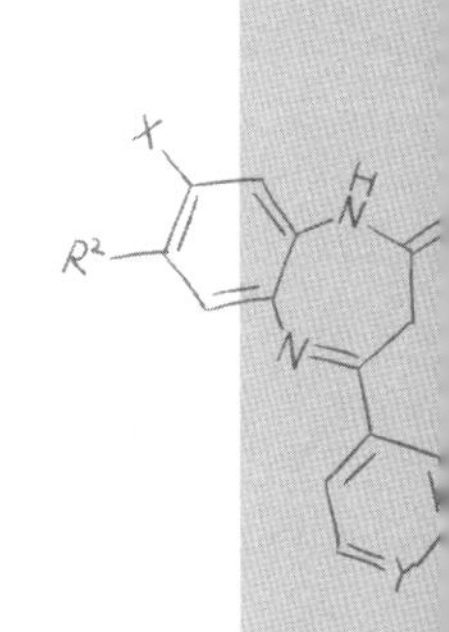

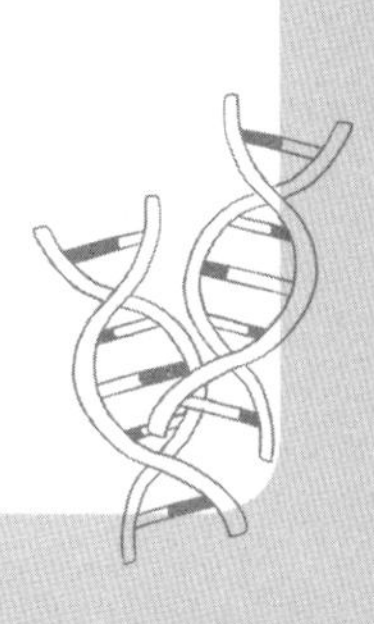

프롤로그

무슨 일이 펼쳐질까?

인용으로 이 책을 시작하고 싶었다. 금요일 오후 역사 수업을 맡은 키건 교장선생님은, 에세이를 쓸 때는 무엇에 관한 것인지 알 수 있도록 인용구로 시작해야 한다고 말씀하신다.

나는 뛰어난 여성 과학자들에 관해 쓰고 싶었는데, 어떻게 됐냐고? 하나도 없었다. 뛰어난 여성 과학자들이 없다는 게 아니라, 인용할 말이 없었다. 뛰어난 여성 과학자들은 많다. 다들 얼마나 아는지 모르겠지만, 아마 마리 퀴리는 알겠지. 나는 마리 퀴리에 관한 책을 모조리 읽었다. 그러니까 내 말은 뛰어난 여성 과학자가 말한 멋진 '인용구'가 없다는 뜻이다.

이 이야기는 오로지 이 여성 과학자들에 관한 것이다. 여러분도 아마 좋아할 거다.

그래서 대신 이 말을 인용하려고 한다.

포기한다는 것은 애초에 그 정도로 바란 것은 아니라는 뜻이다.

우리 아빠의 엄마인 조스 할머니가 한 말이다.

이 이야기는 결국 우리 할머니에 관한 내용이기도 하다. 우리 할머니는 뛰어난 여성 과학자인데, 처음에는 할머니가 그렇게나 대단한 사람이라는 걸 전혀 몰랐다. 이 이야기는 온 세상이 우리에게 등을 돌린 듯이 보여도 성공을 향해 나아가겠다는 우리의 결의에 관한 내용이다. 그리고 나에 관한 이야기이기도 하다. Je m'appelle Matilda Moore. J'ai douze ans. '제 이름은 마틸다 무어입니다. 저는 열두 살입니다.'라는 뜻의 프랑스어다. 나중에 이 말이 필요한 상황이 생긴다.

나는 열두 살이고 캔터베리의 지루한 옛 마을인 아노스 얌 출신이며, 또 발명가다. 만나서 반갑다.

조스 할머니와 보낸 아주 짜릿하면서도 엉뚱하고 기발천외한(이건 내가 만든 말이다. 난 발명가니까) 며칠간의 이야기를 기대하시라.

31시간 동안 우리가 한 일을 들으면 놀랄 테니까.

— 빨래 바구니를 이용해 요양원에서 도망치기

— 도버해협에서 물에 빠진 남자 구하기

— 열기구를 타고 파리로 날아가기

— 유럽의 긴급 지명수배자와 친구 되기

— 독이 든 먹이를 먹고 쓰러진 사자 보살피기

— 스웨덴에서 열린 노벨상 시상식에 초대장 없이 들어가기

읽기만 해도 벌써 진이 다 빠질지 모른다. 다들 깜짝 놀랄 테니 머리에 쓴 모자를 단단히 잡는 게 좋을 거다. 모자가 없다면 머리카락이라도 붙잡는 게 좋겠지. 놀랄지도 모르니 뭐든 꽉 붙잡기만 하면 된다. 남의 머리통이라도.

이제 처음부터 시작해봐야겠다.

1

핸디-핸디-핸드

나에 관해 설명하자면 이렇다.

나는 내 나이치곤 키가 작다. 머리는 어깨까지 내려오는 밝은 갈색인데 절대 빗으로 빗지 않는다. 내가 어떻게 보일지 고민하는 것보다 '오늘은 어떻게 보내야 할까'처럼 더 중요한 것을 생각해야 하기 때문이다. 나는 항상 주머니가 많은 데님 멜빵바지를 입는다. 귀 뒤에 연필을 꽂아놓고, 줄자는 몸 어딘가에 두고, 스케치북은 배낭에 넣어 다닌다. 언제나 발명할 준비가 되어 있는 것이다!

나는 강풍에 넘어져서 똑 부러질 것 같은 모양새다. 그렇지만 사람들을 놀래주는 걸 좋아한다. 내가 발명가라고 말할 때 사람들이 짓는 표정 때문이다. 마치 여자애들은 그럴 리가 없다는 식이라서.

토머스 에디슨이라는 유명한 남자가 이런 말을 한 적이 있다.

"발명하려면 좋은 상상력과 쓰레기 더미가 필요하다."

그분은 전구를 발명한 사람이니 앞날도 밝은 사람이었겠지.(억지로 웃어줄 필요는 없다.)

나는 둘 다 해당한다. 좋은 상상력과 수두룩한 물건들. 물론 모두 다 내 것이라는 말은 아니다. 부모님은 언제나 말씀하신다. "마틸다, 나무로 뭘 만들겠다고 책장 분해하는 일 같은 건 하지 말라고 몇 번이나 말했니?" 그리고 "대체 누가 새로 산 신발 끈을 가져간 거야? 바로 여기 있었는데!" 하면서 내 쪽을 똑바로 바라보기도 하신다.

내 우상은 바로 이런 사람들이다 :

☆ **이점바드 킹덤 브루넬** — 그는 클리프턴 현수교와 같은 거대한 다리, 그레이트 브리튼 호와 같은 대형 선박, 런던 패딩턴 역과 같은 커다란 기차역을 만들었는데, 어쩌면 두루마리 휴지 걸이처럼 작은 것도 만들었을지 모른다.(이 부분은 확실치 않다.)

☆ **에밀리 커민스** — 그녀는 고작 10대 때 스스로 냉장이 되는 냉장고를 발명했다. 그녀의 냉장고는 콘센트에 플러그를 꽂지 않고도 안에 음식을 넣어 시원하게 유지할 수 있다. 그 덕분에 전기를 쓰기 어려운 사람들이 냉장고를 쓸 수 있게 되었다.

☆ **메리 앤더슨** — 비가 오면 아빠가 운전하면서 자동차 앞유리의 와이퍼를 작동하는 걸 봤을 거다. 그게 다 메리 앤더슨 덕분이다.

그 밖에도 더 있는데, 책의 끝부분에서 이름을 모두 공개할 것이다. 여러분은 운이 좋은 사람들이다.

생각해보면 나는 항상 발명가가 되고 싶어 했다. 네 살 때는 토스터를 개조해서 햄스터한테 더 좋은 놀이터를 만들어주려고 했다. 그 이후로 우리 집에서 다시는 토스터를 사거나 햄스터를 키울 수 없었다.

지금까지 열두 해를 살아오면서 내가 발명한 것은 다음과 같다 :

♡ **반짝이 족집게!** 해마다 아빠들은 똑같은 크리스마스 장식을 사용한다. 반짝이 조각들이 상자 속에 엉킨 채로 들어 있지 않나? 이 변형 줄자의 버튼을 누르기만 하면 크리스마스트리 장식들이 매끈하게 말려 들어가는 것을 볼 수 있다.

♡ **정원용 갈퀴!** 다들 옆집 담장 너머로 수백 번 공을 차 넘긴 적 있을걸? 변형 집게발이 달린 이 기다란 커튼 봉으로 공을 끄집어내면 다시는 풀 죽은 채 옆집 초인종을 누를 필요가 없다!

♡ **간지럼 퇴치기!** 놀러 올 때마다 나를 간지럽히려 드는 짜증나는 친구나 사촌 때문에 지긋지긋한 적이 있을 거다. 이 베갯잇과 엄마가 제일 아끼는 쿠션(엄마, 미안)을 변형한 조끼를 입기만 하면 문제없다.

월프 할아버지는 내 멘토였다. 일주일에 한 번씩 부모님과 나는 월프 할아버지와 조스 할머니를 뵈러 가서 일요일 점심을 같이 먹었다. 조스 할머니는 몇 년 전까지 과학자였지만, 그에 관해 전혀 말을 꺼내는 법이 없었고 내가 물어서도 안 됐다. 아빠는 할머니가 '눈 밖에 나는 바람에' 과학자를 그만둬야 했다고 했지만, 나는 그게 무슨 말인지 이해할 수 없어서 눈과 관련된 건가 보다 생각했다. 월프 할아버지는 퇴역 군인인데 시간이 나면 발명가로 변신했다. 그래서 할아버지와 나는 부모님과 할머니가 지루한 티타임을 즐기게 놔두고, 정원 구석진 곳에 있는 할아버지 작업실로 가서 발명에 몰두하곤 했다. 일주일 중 내가 가장 좋아하는 시간이었다.

왜 그렇게 발명을 좋아하냐고? 뭐든지 가능하기 때문이다! 뭘 그려야 할지 모르는 채로 백지를 마주하다가 갑자기 마음속에 아이디어가 팍 떠오르면, '아, 손가락을 데지 않고 토스터에서 구운 빵을 꺼내는 법을 발명한다면 어떨까?' 하고 생각하다가 다이어그램을 그리고, 어떻게 만들지 머리를 굴린 다음에 금속을 자르거나 나무를 갈아서 만들고, 만들고, 또 만든다. 그러면 마침내 완성품이 나오고 상상력으로 뭔가를 만들어내게 되는 거다!

월프 할아버지는 '필요는 발명의 어머니'라는 말도 가르쳐주셨다. 즉 대부분은 문제를 해결하려고 발명하게 됐다는 뜻이다. 에밀리 커민스처럼 냉장고를 쓸 수 있게 가난한 사람들을 도우려다 발명하게 되는 식이다.

마찬가지 이유로 나는 인생 최고의 발명품을 만들게 됐다. 바로 핸디-핸디-핸드.

월프 할아버지의 손재주는 예전 같지 않았다. 할아버지의 손가락은 마디가 굵어지고 구부러져서 연장을 잡기가 어려웠다. '관절염'

때문이라고 조스 할머니가 알려주셨다. 자, 이쯤에서 여러분에게 내가 만든 핸디-핸디-핸드를 소개하겠다!

핸디-핸디-핸드는 갈아 끼울 수 있는 금속제 손가락이 나무 장갑에 달려 있어서, 월프 할아버지처럼 손이 불편한 사람도 손으로 작업을 할 수 있다! 면도를 해야 한다고? 문제없다! '포크' 손가락을 '면도날'로 바꾸고 손바닥에 있는 버튼을 누르면 준비 완료다. 영양 넘치는 맛난 간식을 만들어야 하는데 오렌지 껍질을 깔 수 없다고? 걱정 마시라! '귀지 청소' 손가락을 '미니 주머니칼'로 바꾸면 오렌지 안쪽의 하얀 껍질을 벗겨낼 수 있으니까!

나는 혼자 힘으로 이걸 만들었다. 월프 할아버지는 핸디-핸디-핸드를 무척 좋아하셨고 이걸로 영국 특허를 신청하게 도와주셨다. 정부로부터 발명 특허권을 받으면 누군가 이걸 따라 만들어서 자기 아이디어라고 우기는 경우 내가 "꺼져!" 하고 말할 수 있다.

월프 할아버지는 그로부터 몇 달 후 돌아가셨다. 갑자기 세상이 칙칙해진 느낌이 들었다. 나는 한밤중에 아이디어가 떠올라 잠에서 자주 깼는데('자동으로 새 두루마리 화장지가 나와서 화장지를 끊어 쓸 필요가 없는 기계를 발명한다면 어떨까?'), '아, 할아버지한테 먼저 알려드려야지!' 하고 생각했다가 3초 후 할아버지가 이미 돌아가셔서 아무 얘기도 해드릴 수 없다는 사실을 뒤늦게 깨닫곤 했다.

조스 할머니는 할아버지 작업실에서 나온 걸 모두 나한테 주셨다. 내가 할아버지 연장을 물려받을 적임자여서가 아니라, 할머니가 나중에 요양원으로 들어가려고 짐을 정리하던 중이었기 때문이다. 할머니는 집에서 혼자 살고 싶어 하지 않으셨다. 평생 할아버지와 함께한 추억이 너무 많이 깃들어 있기 때문이었다.

부모님과 나는 할머니를 계속 찾아뵈었지만, 예전 같지 않았다. 할아버지가 없으니까. 작업실도 없었다. 발명에 관해 얘기를 나눌 사람도 없었다. 아빠는 회계사다. 아빠가 발명한 거라곤 계산기에 'EGGSHELL'을 타이핑하는 방법뿐이다.(77345993을 누르고 위아래를 거꾸로 뒤집으면 된다. 어떤가? 시시하기 짝이 없다.) 엄마는 사무실 매니저다. 온종일 문구류를 주문하고 비용을 정리한다. 그것도 별로 재미있어 보이지 않는다. 조스 할머니는 우주와 행성과 관련한 과학 일을 하셨었는데, 말했다시피 입 밖에 꺼내면 안 되는 얘기다.

그대신 매주 요양원을 방문해서 조스 할머니와 함께 직소 퍼즐을 완성하고 클래식 음악을 듣게 됐다. 월프 할아버지와 발명에 대한 할아버지의 열정이 사라진 삶은 정말 지루했다.

그런데 얼마 전에 학교에서 과학경진대회를 연다는 공지가 떴다. 최고의 발명품이나 과학 전시물에 대상을 준다는 거였다. 게시판에 포스터가 붙었다.

21세기 아인슈타인을 꿈꾸고 있습니까?
최고의 발명품이나 과학 장치가 있습니까? 대상을 받고 싶습니까?
아노스 얌 중학교 과학경진대회에서 여러분이 만든 발명품을
전 세계(그러니까 아노스 얌)에 뽐낼 기회입니다!
자세한 내용은 담임선생님에게 물어보세요.

당장 신청해야지! 담임선생님께 자세한 내용을 물어봐야겠다! 난 어떤 발명품을 내놔야 할지 너무도 잘 아니까. 그리고 미안하지만, 멍청이 여러분은 대상을 꿈꿔도 소용없어요. 대상은 내 거거든요!

적어도 토머스 토머스가 나타나기 전까지는 그랬다.

2

토머스 토머스

토머스 토머스의 인생에 어떤 영향을 줄지에 관해 아무런 생각 없이, 토머스 부부는 외동아들의 이름을 토머스로 짓기로 했다. 마치 이 세상에 토머스 말고는 아들한테 붙일 다른 이름이 전혀 없기라도 한 것처럼.

토머스 토머스에게 토머스 토머스보다 더 어울릴 뻔했던 이름들 :

— 티머시 토머스

— 아일랜드공화국 토머스

— 콩고공화국 토머스

— 스타워즈 은하공화국 토머스

— 토머스 토머스 외에 다른 이름 아무거나

바보 같은 이름 외에도 토머스 토머스는 과학 시간에 내 옆에 앉아서 항상 내 답안지를 베껴 썼다. 그냥 대놓고 커닝하는 옛날 수법이었다. 토머스 토머스는 과학경진대회에서 대상을 탈 만한 소년이 아니었다.

과학경진대회는 12월의 어느 금요일 오후에 열렸다. 모든 학생이 강당에 모여드니 마치 조회를 하는 느낌이었다. 많은 사람들 속에서 네 명의 학생이 경진대회 출품작을 팔로 받치고 있는 게 보였다. 나 역시 핸디-핸디-핸드를 들고 있었다. 나는 괜히 시간 낭비하지 말라고 말해주려다가 참았다.

2시쯤 키건 교장선생님이 무대로 나와서 우렁차게 말했다.

"여러분, 아노스 얍 최초의 과학경진대회에 오신 것을 환영합니다. 참가자들은 발명품을 들고 여기 연단 위로 올라와주시겠습니까?"

나는 머릿속으로 수상 소감을 연습했다. 물론 윌프 할아버지에게 이 상을 바친다고 해야겠지. 근데 레오나르도 다빈치나 팀 버너스 리(월드와이드웹[WWW]의 창시자:옮긴이)에게 감사한다고 하면 너무 오버일까?

키건 선생님은 참가자 한 명씩 연단 앞으로 불러서 가져온 발명품을 선보이게 했다. 꾀죄죄해 보이는 조시라는 소년이 맨 먼저 나갔다. 한 손에 물컵을 들고 다른 손에는 달걀을 들고 있었다.

"이 유리컵이 보이시죠?" 조시가 청중을 향해 컵을 들어 보였다.

"이 달걀도 보이시죠?"

하지만 손의 땀 때문인지 달걀이 철퍽! 소리를 내며 조시의 손에서 떨어져 내렸다. 교장선생님의 갈색 구두 위로!

키건 선생님이 몹시 화가 난 듯 다리를 휘저었다. 날달걀 껍데기가 청중 위로 날아갔다.

"이 작품은 탈락인 것 같군요."

키건 선생님이 화난 목소리로 말하며 다음 참가자 쪽으로 갔다.

"잠깐만요!" 조시가 소리쳤다. "제 트릭을 보셔야죠!"

키건 선생님이 조시를 바라봤다.

"물컵에 소금을 넣어 달걀이 뜨는 장면을 보여주려는 거라면, 안 될 것 같구나. 달걀이 없으면 그 트릭은 아무 소용이 없지."

나는 조용히 미소 지었다. 대상 수상은 식은 죽 먹기나 다름없어 보였으니까.

다음 차례는 토머스 토머스였다. 녀석이 옆에서 거대한 콜라병을 집어 들었다. 주머니를 뒤적여 지갑을 찾더니 청중을 향해 들어 보였다.

"여러분! 과학적 트릭에 주목해주세요. 부스…부시…부스…."

녀석이 당황스러운 얼굴로 키건 선생님을 쳐다봤다.

"부식." 내가 바로 알려줬다. 녀석은 이 과학 트릭을 인터넷에서 본 모양이었다.

"부식되는 돈입니다!" 녀석이 외쳤다.

토머스 토머스는 콜라병 뚜껑을 돌려 따더니 한 병을 벌컥벌컥 마셨다. 한 번에 다 마셔버리다니! 한 병을 다! 녀석은 무서운 속도로 뱃속에 콜라를 들이부었다! 거의 2리터는 돼 보였는데!

그런 뒤 당연하게도 엄청난 트림을 쏟아냈다. 꺼억, 마치 천둥 치는 듯한 소리였다! 배가 폭발하는 줄 알았다. 토머스 토머스는 만족해하면서도 토할 것 같은 얼굴로 지갑을 열더니 5파운드짜리 지폐를 꺼내서 빈 콜라병 안에 쑤셔 넣었다. 그러고는 "후딘!" 하고 소리쳤다.

아무도 말이 없었다. 다들 방금 뭘 본 것인지 모르겠다는 표정으로 서로 쳐다봤다.

"제 생각이 맞다면 여러분은 1페니 동전을 콜라병 안에 떨어뜨려야 할 거예요." 이 멍청이가 너무도 안타까운 나머지 내가 끼어들었다. "콜라 속 인산이 동전의 구리와 화학반응을 일으켜 녹는 거죠. 그게 바로 부식되는 돈이에요. 그건 마술이 아니라 과학이죠."

토머스 토머스가 나를 보더니 빈 병 안에 있는 5파운드짜리 지폐를 다시 바라봤다. "똑같은 거네." 그러고는 어깨를 으쓱했다.

그게 어떻게 똑같냐고!

그다음 여학생은 헤어드라이어로 탁구공을 공중에서 날려 보였고, 다음다음 여학생은 종이로 화산 모형을 반죽해, 꼭대기에서 거품이 가득 차올라 넘치는 용암을 보여줬다. 그리 나쁘지 않았다. 그리고 마침내 내 차례가 되었다. 모두가 감탄할 만한 것을 보여줄 때가 됐다.

아닌 게 아니라 청중은 내가 키건 선생님의 왼손에 장갑을 씌우고 이용할 수 있는 각종 기능을 보여주자 감탄하며 손뼉을 쳤다.

즐거움과 놀라움의 차이가 귀로 느껴졌다! 존 로지 베어드가 최초로 세상에 텔레비전을 선보였을 때 사람들이 느낀 것과 비슷한 느낌이 아닐까. 누가 수상자가 될지는 너무나 빤했다.

발명품이 모두 소개된 후 세 남자가 연단으로 걸어갔다. 다들 비슷해 보였다. 트위드 재킷에 불룩 튀어나온 배, 몇 가닥 안 남은 머리카락을 반짝반짝 빛나는 대머리 위로 곱게 빗어 넘긴 모양새였다.

“지역 의회 의원님들을 박수로 맞아주세요.” 키건 교장선생님이 의원들을 가리키며 말했다. “바니, 도프먼, 용커 의원님입니다.”

모두가 정중하게 박수를 보냈다.

“오늘 이 자리에 오게 되어 기쁘게 생각합니다.” 용커 씨가 나서서 말했다. “이제 천 파운드 상금이 걸린 대상 수상자를 소개할 텐데요!”

나는 놀라서 헉하고 숨이 막힐 지경이었다. 천 파운드라고? 그 돈으로 살 수 있는 것들이 죄다 떠오르기 시작했다 :

블랙 앤 데커 드릴.

작업대.

새 공구 상자.

“천 파운드 상당의…” 용커 씨가 조용히 다음 말을 덧붙였다. “바니 용커 도프먼 고급 개 사료 상품권을 드립니다.”

“뭐라고요? 개 사료 상품권?”

“아노스 얌 중학교의…” 용커 씨가 나를 무시하며 계속 말을 이어갔다. “과학경진대회 대상 수상자는…”

나는 숨을 멈추고 손가락을 꼬며 행운을 빌었다. 왜 그리 긴장했는지 모르겠다. 이 상은 내가 받아야 하는데!

"토머스 토머스입니다!" 용커 씨가 소리쳤다.

"뭐라고요?" 그럴 리가 없어! "토머스 토머스라고요?" 다시 되뇌었다. "토머스 토머스? 너무 멍청하다 못해 자기 실험 재료를 먹어버린 녀석이 대상이라고요?"

"자, 자." 키건 선생님이 나를 단상에서 급히 밀어내며 말했다.

토머스 토머스가 앞으로 나와 지역 의원 셋과 악수하고는 학교 사진사 앞에서 미소 지어 보였다. 바보 같은 웃음이 바보 같은 얼굴에 들러붙어 있었다.

"핸디-핸디-핸드는 어떻게 된 거죠?" 나는 소리쳤다. "출품작 중에서 제일 훌륭하잖아요!"

용커 씨가 웃음기가 가신 얼굴로 나를 내려다봤다.

"결정은 이미 끝났단다."

"그렇지만 핸디-핸디-핸드가 최고라고요! 그건 영국 특허까지 얻은 발명품이에요!"

바니 씨가 한숨을 쉬었다.

"우리는 속임수를 쓰지 않은 사람에게 상을 준 거다. 토머스 토머스의 실험이 제대로 되진 않았을지 몰라도 최소한 자기 혼자서 한 거니까."

"저는 속이지 않았어요. 그건 제가 할아버지한테 만들어 드린 거예요."

"넌 어린아이일 뿐이잖니." 도프먼 씨가 비웃듯 말했다. "아무리 생각해도 네가 만들었을 것 같지가 않구나. 그걸 만들려면 용접과 납땜이 필요한데…."

"게다가 드릴로 구멍도 뚫고 금속도 잘라야 하죠." 내가 끼어들었다. "할아버지 작업실에서 제가 다 만든 거라고요! 저 혼자서요!"

그러나 도프먼 씨와 바니 씨, 용커 씨는 아무래도 상관없다는 식이었다. 내가 거짓말을 한다고 생각하는 게 분명했다. 모두가 그랬다. 아무도 내가 핸디-핸디-핸드를 발명해서 직접 만들 수 있다고 생각하지 않았다. 난 단지 어린 소녀일 뿐이니까.

이 모든 일은 자격이 한참 모자라는 참가자가 대상을 받았다는 사실, 바로 그 자체의 불공평함으로 인해 일어났다.

'전에도 말했지만 놀라지 말고 들어. 이건 실제 이야기니까…' 같은 식의 진짜 이야기는 바로 여기서 시작된다. 준비됐겠지?

3

스모크 행성

“불공평해!”라는 말은 전 세계 집집마다 들려오는 외침이다. 보통 엄마와 아빠는 눈을 굴리며 짜증나는 어른들 얘기를 해준다. “삶은 불공평한 거야. 적응하도록 해!” 같은 말들 말이다. 그렇지만 이번에는 정말로 공평하지 않았다!

왜 토머스 토머스같이 이름을 두 번이나 반복해서 쓰는 멍청이가 대상을 받아야 하지? 내 발명품이 최고인데!

그래, 내가 특별히 상품권 때문에 이러는 건 아니다. 우리는 기르는 개가 없으니까. 내가 바란 건 영광이라고! 내가 대상 수상의 영광을 차지해야 했다고!

나는 핸디-핸디-핸드를 팔에 끼고 연단에서 터벅터벅 걸어 내려오면서 재킷 소매로 눈물을 닦았다. 내가 얼마나 속상한지 다른 사람이 몰랐으면 했다.

하교를 알리는 종소리는 한참 시간이 지나서야 울렸다. 나는 당장 침대에 기어들어가서 일주일 내내 이불을 덮어쓴 채 숨어 있고 싶었지만, '템스 강의 경로'라는 수업의 지루한 첫 시간을 묵묵히 견뎌내야만 했다. 마침내 교문을 나섰을 때는 오후 3시 반이었다.

부모님이 밖에 차를 주차해놓고 있었다. 환한 햇살이 막 광택을 낸 차 지붕에서 반짝이고 있었다. 아빠는 차에 대한 자부심이 엄청났다. 일주일에 두 번씩 세차하고 왁스로 광을 내는 바람에 차의 반짝이는 검은색이 사라질 정도였다. 아빠는 차를 타고 나면 매번 차 안에 페브리즈를 뿌리고 진공청소기를 돌렸다. 운전할 때는 흰색 장갑을 껴서 운전대에 얼룩이 남지 않게 했다. 심지어 혼자 있을 때는 차를 '여왕님'으로 불렀는데, 엄마와 내가 그 애칭을 아는 줄은 전혀 몰랐다.

아빠는 뭉개지지 않도록 랩으로 세 번 둘러싼 케이크 접시를 들고 있었다. 차 안에 빵 부스러기를 흘리는 건 절대로 안 되기 때문이다.

"할머니 갖다 드리려고." 아빠가 설명했다. "세인스버리에서 레몬 케이크를 1+1으로 샀다. 한 조각 먹어볼래?"

조스 할머니가 사는 요양원은 우리 학교에서 세 블록, 집에서는 일곱 블록 떨어진, 나뭇잎이 우거진 길에 자리 잡고 있다. 사실 아노스 얌은 그리 크지 않다.

우리가 도착했을 때, 라운지에 있는 TV에서 어떤 업적으로 이틀 후에 대상을 받는 영국인 교수에 관한 뉴스가 흘러나오고 있었다. 조스 할머니를 뺀 모두가 TV 앞에 둘러앉아 있었다. 할머니는 구석진 곳에서 혼자 안락의자에 앉아 몹시 괴로운 얼굴을 하고 있었다. 할머니도 나처럼 대상이란 말만 들어도 지긋지긋한 것일까.

"오늘 왜 이래?" 아빠가 커피 테이블에 케이크 접시를 툭 내려놓으며 말했다. "다들 침울병이라도 옮았나."

나는 인상을 찌푸렸다. 오는 길에 과학경진대회에서 무슨 일이 있었는지 말씀드렸지만, 부모님은 그다지 진지하게 생각하는 것 같지 않았다.

"왜 그러니?" 조스 할머니가 내 무릎을 부드럽게 쓰다듬으며 물었다. "얘야, 무슨 일 있었니?"

조스 할머니는 지난 30년간 캔터베리에서 살았지만, 스코틀랜드에서 나고 자란 탓에 80세인 지금도 여전히 스코틀랜드 억양이 남아 있다. 할머니는 전형적인 보통 할머니다. 키가 크고 말랐으며 부스스하고 곱슬곱슬한 흰머리를 갖고 있다. 할머니는 직소 퍼즐을 즐겨 하고 차와 클래식 음악을 좋아한다. 당장이라도 산에 올라갈 것처럼 등산화를 주로 신는데, 할머니는 내가 태어난 이후로 아노스 얌을 떠나본 적이 없다는 걸 생각하면 좀 우스꽝스럽긴 하다.

"별로 얘기하고 싶지 않아요."

나는 주머니에 손을 넣어 휴대폰을 꺼냈다. 최신형 휴대폰도 아니고 게임도 별로 없지만, 그냥 할머니의 시선을 피하고 싶었다.

"마틸다는 조금 실망한 것뿐이에요." 아빠가 속삭였다.

"그래?" 할머니 목소리에 근심이 가득 서렸다.

잠깐 동안 아무도 말이 없었다. TV 소리가 라운지를 가득 채웠다. 영국인 교수와 그가 받는 상 얘기만 쉴 새 없이 흘러나왔다.

"다른 남자애가 학교에서 과학상을 받았거든요." 결국 엄마가 입을 열었다.

엄마는 단지 무슨 일이 있었는지 할머니한테 설명하려 했던 거지만, 내가 실망한 건 단지 그뿐이 아니었다!

"그래요, 걔는 받으면 안 됐어요."

내가 목청 높여 소리치자, 할머니가 눈을 치켜떴다. 방 안에 있던 다른 사람 몇 명이 놀라서 내 쪽을 쳐다봤다.

"됐어요. 다들 이해하지도 못할 거면서." 나는 땅바닥을 봤다. "할아버지는 이해해주셨을 텐데."

월프 할아버지는 내가 왜 발명을 사랑하는지를 가족 중에 유일하게 진정으로 이해해준 분이었다. 할아버지는 나처럼 창의적이고 아이디어가 넘치는 분이었다. 우리 부모님은 지나치게 합리적이어서 상식을 벗어난 일은 절대 하는 법이 없다. 회계사인 아빠는 주말에도 입을 정도로 정장을 자주 입고, 한 달에 한 번 같은 이발소에서 머리를 단정히 다듬고, 넥타이는 늘 회색이다. 엄마도 마찬가지다. 긴 스커트에 카디건, 실용적인 신발을 신고 바느질 프로그램을 좋아한다. 부모님은 과학과 공학에 대한 내 열정을 응원하지만, 속으로는 내가 좀 똘끼가 있어서 온갖 종류의 이상하고 엉뚱한 것들을 발명하는 데만 미쳐 있다고 생각한다는 걸 안다.

윌프 할아버지를 생각하니 가슴이 조여왔다. 할아버지는 뭐든 이해해줬을 것이다. 연단에 뛰어 올라가 "내 손녀야말로 대상 받을 자격이 있으니 상을 주시오, 용커 양반!" 하고 소리쳤을 것이다.

아빠와 할머니가 서로 쳐다봤다. 엄마는 케이크를 베어 물었다. 시간 가는 소리가 들리는 것 같았다. 뭘 해야 할지 얘기하면서 조스 할머니 눈이 내 얼굴을 살피는 게 느껴졌다.

갑자기 할머니가 벌떡 일어나더니 "나 좀 따라오렴." 하고 말했다. 할머니 나이가 80세인 걸 생각하면 꽤 놀라웠다.

할머니가 내 손을 잡았다. "보여주고 싶은 게 있구나." 그러고는 나를 일으켜 세우더니 복도와 계단을 지나 휴게실로 데리고 갔다.

"어디 가는 거예요?"

위층에는 가본 적이 없었다. 할머니를 방문할 때마다 항상 라운지에만 있었기 때문이다. 나는 복도의 빛바랜 소용돌이무늬 카펫을 지나 새 사진 액자가 걸린 계단으로 갔다.

할머니는 2층 층계참 끝의 내닫이창으로 걸어갔다. 그 앞에는 꽃무늬 안락의자가 있었고 바로 옆에 놋쇠 망원경이 놓여 있었다. 할머니는 망원경에 눈을 갖다 대고 조절 나사 몇 개를 이리저리 돌렸다.

"거의 다 됐다. 왼쪽으로 몇 도만 더 돌리면 된단다…." 할머니가 한숨을 쉬었다. "이건 내 거란다. 이 특별한 망원경 말이야. 내가 다 준비한 거란다."

"뭘 관찰하는 건데요?"

나는 할머니 뒤에서 서성이며 할머니가 뭘 하는지 지켜봤다.

"저기구나!" 할머니가 탄성을 질렀다. "이것 좀 보렴."

나는 몸을 구부려 접안렌즈에 눈을 갖다 댔다. 수백만 개의 별이 밤하늘을 수놓으며 나를 향해 반짝였다. 마치 검은색 카펫 위에 설탕 알갱이들이 흩뿌려진 듯한 모습이었다.

"지금 보고 있는 게 뭐예요?"

"우리가 아는 우주는 수천억 개의 은하로 이루어져 있단다."

나는 할머니 목소리에 스며든 흥분을 단번에 알아챘다. 할머니가 이런 목소리로 말한 적이 없었기 때문이다.

"한 은하당 평균 1조 개의 별이 있다고 추측하는데, 보다시피 그건 달라질 수 있지. 관찰할 수 있는 우주에는 약 10^{20}개의 별이 있다는 뜻이란다."

"그렇군요."

"다른 것보다 더 밝게 빛나는 별 하나가 보이지?"

할머니가 한 발로 깡충 뛰어 내 뒤에 섰다.

나는 눈을 가늘게 뜨고 망원경을 이리저리 움직이다가 다른 것들보다 더 환하게 빛나는 별 하나를 찾아냈다.

"보여요! 바로 저기요. 왜 저렇게 밝아요?"

"왜냐하면 별이 아니라 행성이라서 그래. 수백만 광년이나 떨어져 있는데도 저렇게 밝은 건 성단에 있는 별 중에서 제일 크기 때문이란다."

"목성 같은 거예요?"

할머니가 고개를 저었다.

"지금 보는 건 우리 태양계가 아니란다. 은하수에서 훨씬 더 멀리 떨어진 행성이지."

할머니가 무슨 말을 하려는 건지 알 수가 없었다.

"그래서요?"

"이건 스모크 행성이라고 불린단다." 할머니가 깊은 한숨을 내쉬었다. "아까 뉴스에 나온 남자 이름을 딴 거지. 이 행성을 발견한 공로로 상을 받는 사람 말이다."

"그런데요?"

나는 슬슬 지쳐가던 참이었다. 아주 힘들고 실망스러운 하루였으니까.

"그런데," 할머니가 이번에는 더 작은 목소리로 말했다. "스모크 교수의 이름을 따서는 안 되는 거였지. 스모크는 그 행성을 발견한 사람이 아니거든."

나는 얼굴을 찌푸렸다.

"그 교수가 발견한 게 아니면 누가 발견한 거예요? 누구 이름을 붙여야 했는데요?"

할머니가 또 한 번 한숨을 내쉬었다.

"나란다. 내가 발견했단다."

4

할머니의 비밀

나는 놀라서 조스 할머니를 쳐다봤다. 내가 맞게 들은 건지 의심스러웠다.

"죄송한데, 뭐라고요?"

할머니가 안락의자에 몸을 푹 파묻었다.

"난 천체물리학자란다." 그 말이 모든 것을 설명해주기라도 하듯 할머니가 또박또박 말을 이었다. "한때는 그랬었지. 할아버지랑 결혼하고 얼마 안 됐을 때, 어이쿠, 벌써 50년 전 일이구나. 우린 런던으로 이사했지. 그리고 난 별에서 나오는 전파를 연구하게 됐단다. 스모크 교수는 그리니치 왕립 천문대에서 내 상사였어."

"잠깐만요, 뭐라고요?"

나는 다시 물었다. 조스 할머니가 과학 분야에서 일했다는 건 알고 있었지만, 실험실에서 시험관 모으는 일 같은 걸 한 줄로만 생각했기 때문이다.

"그러니까, 진짜로 할머니가 그 행성을 발견했다고요?"

"그래, 내가 발견했어." 할머니가 고개를 끄덕였다. "당시엔 그게 뭔지 몰랐을 뿐이지." 그러고는 헛기침을 하고 옛일을 생각하기라도 하듯 창밖을 바라봤다.

"또 다른 태양계의 특정 성운에서 나오는 전파를 연구하고 있었지. 그러던 어느 늦은 밤, 난 XT28E를 발견했단다. 그것은 주변의 다른 별들과는 다르게 움직였어. 다음 날 아침 그걸 스모크 교수에게 보여줬지만, 그는 뭐 대단한 게 있으리라고 생각하지 않았단다. 난 뭔가가 있을 거라 생각했어. 아마 단순히 별 이상의 어떤 것으로 생각했겠지만, 그때는 1960년대였단다. 더 먼 우주를 탐구할 기술이 아직 발명되지 않은 때였지. 난 언젠가 우주 탐사 로켓이 나오면 그 거리를 이동할 수 있을 거라 생각했어. 그래서 계산을 해보고 탐사 로켓의 경로를 기록해서 탐사 가능한 경로 방정식을 찾아냈지. 이 모든 작업을 스모크 교수에게 보여줬더니 이번에는 전보다 더 관심을 보이더구나. 그러면서 자기가 다시 한 번 모든 걸 확인해보겠다고 했는데, 정신을 차리고 보니 그가 그 별을 발견했다는 뉴스가 여기저기서 나오더구나."

"그런 게 어딨어요!"

할머니가 고개를 저었다.

"그래, 억울했지. 스모크 교수가 내 공을 가로챘으니까. 그렇지만 나보다 훨씬 나이가 많았고 사람들은 그를 존경했지. 옛날엔 여성 과학자가 별로 없었어. 거의 없었지. 스모크 교수가 발견하지 않았다고 믿지 않을 이유가 없었던 거야."

할머니 눈에 눈물이 그렁그렁 차오르는 게 보였지만, 할머니는 재빨리 기침을 하고 눈물을 감췄다.

"그 행성은 왜 스모크 행성이 된 거예요?"

"왜냐하면 별에 갈 수 있는 기술이 지난 10년 사이 발명됐으니까. NASA에서 7년 전에 내가 만든 방정식을 이용해 우주 탐사를 시작했고, 마침내 작년에 XT28E에 도착했을 때, 예상과 달리 쌍성계에 있는 별이 아니라 실제 행성으로 밝혀졌지. 스모크 교수가 지난 50년간 그게 자기 업적이라고 전 세계에 떠들고 다녀서 NASA가 그 행성에 스모크 교수의 이름을 붙이게 된 거지."

나는 믿을 수가 없었다. 내가 어떻게 할머니의 이런 얘기를 몰랐을 수가 있지?

"아빠가 항상 그랬거든요." 나는 어떻게 표현해야 할지 몰라 주저하며 말했다. "할머니가 눈 밖에 나는 바람에 과학 일을 그만두셨다고요. 근데 이것 때문이었던 거예요?"

할머니는 풀죽은 모습이었다. 조금 전까지만 해도 반짝이던 할머니의 날카로운 파란 눈동자는 온데간데없었다.

"그렇단다. 난 천문대에 항의했지만, 내가 스모크를 시샘하는 거라고만 생각하더구나. 그래서 더는 거기 있을 수가 없다는 걸 깨달았지."

나는 이 사실을 받아들일 수가 없었다. 감히 스모크라는 작자가 우리 할머니가 발견한 걸 훔치다니! 감히 할머니의 공을 가로채고 상까지 받게 되다니! 이건 토머스 토머스가 과학 시험에서 내 답을 베껴 쓰고 내가 여자애라는 이유로 대상을 받지 못한 것보다 훨씬 나쁜 일이었다.

내 안에 분노가 차오르는 걸 느꼈다. 뉴스에서는 '이틀 후'라고 떠들어댔다. 스모크 교수가 이틀 후면 상을 받게 된다. 그렇다면 우리에게 아직 시간이 있는 것이다.

"상 받을 사람은 할머니라고 세상에 알려야 해요! 서둘러야 해요!"

나는 할머니가 일어나 아래층으로 내려가도록 도와줬다. 그리고 라운지로 뛰어 들어가면서 소리쳤다.

"우리 할머니는 유명한 과학자예요! 그런데 어떤 나쁜 놈이 할머니가 발견한 걸 훔쳐 갔어요."

라운지에 있던 모든 사람이 갑작스레 외쳐대는 나를 쳐다봤지만, 나는 상관하지 않았다. 이건 너무나 중요한 일이니까.

아빠가 피식 웃음을 지었다. "이 얘기가 나올 줄 알았지." 아빠가 중얼거렸다. "그 뉴스를 보자마자 그럴 줄 알았다니까."

"마틸다, 목소리를 낮추렴." 엄마가 속삭였다. "소란을 피우고 있잖니."

"잘됐네요! 그러고 싶어요! 전 세계에 이 사실을 알리고 싶어요. 이게 얼마나 불공평한 일인지 알려야 해요!"

'불공평'이란 단어가 또 튀어나왔다. 과학 분야의 영예를 두 명이나 거부당하다니, 무어 집안은 대체 왜 이 모양이지?

아빠와 할머니가 서로 쳐다봤다.

"이미 늦었다, 얘야." 아빠가 조용히 말했다. "스모크 교수는 이번 일요일에 노벨 물리학상을 받을 거야."

"뭐라고요?! 그건 대상 중의 대상이잖아요?"

노벨상이 뭔지 모르는 사람이 있을까. 해마다 그 분야에서 가장 큰 업적을 남긴 사람에게 주는, 세계에서 가장 유명한 상이니까. 게다가 물리학 분야에만 있는 상도 아니다. 노벨 화학상, 문학상, 경제학상, 생리의학상, 평화상도 있다. 개 사료 상품권을 주는 상과는 비교가 안 되는 엄청난 상이지 않은가. 난 심지어 그 시시한 상품권을 못 받은 것 갖고도 화가 날 정도였는데.

나는 TV 앞으로 달려가 뉴스 채널에 맞추고 소리를 키웠다. 스모크 교수 사진이 화면 전체에 떴다. 아무리 봐도 최근에 찍은 사진은 아니었다. 할머니를 생각하면 스모크 교수 역시 80대일 텐데, 사진 속의 그는 최소한 마흔 살은 젊어 보였다. 자기가 생각하기에 한창때다 싶은 사진을 고른 것 같았다. 그는 부드러운 금발 머리에, 거북 등껍질로 만든 둥근테 안경을 쓰고 보라색 벨벳 정장을 입고 있었다. 그리고 내가 지금까지 본 것 중 가장 짜증나는 의기양양한 미소를 짓고 있었다.

"우리 할머니가 받아야 할 노벨 물리학상을 스모크 교수란 작자가 일요일에 받는다고요!"

요양원 입주자들이 재밌다는 듯 서로 속삭였다. 이건 드라마보다도 훨씬 극적인 사건이었다!

"스모크 교수를 막아야 해요. 시상식이 어디서 열려요?"

만일 런던이라면 아노스 얌에서 그리 멀지 않다. 기차를 타고 가면 된다. 아니면 아빠 차를 타고 가거나. 한 시간 안에 도착할 수 있지 싶었다.

"스웨덴이란다." 할머니가 대답했다. "정확히 말하면 스톡홀름 시청사에서 열리지."

아, 그렇구나. 그럼 런던보다는 훨씬 먼 곳이네. 종 속의 추처럼 마음이 핑핑 도는 것 같았다.

"마지막 항공편이 있는지 찾아보면 되죠. 아니면 기차? 아니면 페리?"

"가기엔 아주 먼 거리란다, 얘야." 엄마가 고개를 저으며 말했다.

우리 부모님은 모험심이 전혀 없는 분들이다. 심지어 우리 가족은 휴가 때 영국 밖으로 나가본 적도 없었다. 집 근처에도 구경할 것이 많다는 이유에서였다. 비행기도 마찬가지였다. 지난 100년 동안 최고의 발명품 중 하나가 비행기라고 수백 번 설명했지만, 부모님은 끄떡도 안 했다.

"그렇지만 이건 꼭 해야 하는 올바른 일이라구요."

아빠가 고개를 끄덕였다.

"그렇지. 뭔가를 해야겠지."

"좋아요오오오!"

이제 엄마 아빠랑 대화가 좀 되는구나! 나는 배낭을 집어 들고 어깨에 멨다.

"비행시간을 확인해볼게요."

그때 아빠가 손을 들어 나를 막았다.

"안 돼! 우린 아무 데도 가지 않을 거다. 공식적으로 해결해야지. 집에서."

"네?"

"할머니는 1967년에 이 문제를 해결하려고 하셨어." 아빠가 조용히 말을 이었다. "그렇지만 아무도 듣지 않았지. 사람들이 들어줄 거라는 희망만 갖고 그 먼 곳까지 갈 순 없어. 그렇지만 네가 원한다면 청원서를 쓸 수 있어. 노벨상 위원회에 공식 항의서를 써주마. 모든 걸 설명하는 거지. 그렇지만 정당한 절차를 거쳐야 해."

"총리한테 편지를 쓸 수도 있잖아요." 엄마가 눈을 빛내며 끼어들었다. 엄마로서는 아주 창의적인 제안을 한 셈이었다.

청원서? 편지? 시상식은 이번 일요일인데?

"그걸로는 충분치 않아요. 편지는 제시간에 도착하지 못할 거예요. 우리가 스웨덴에 가서 심사위원들과 위원회에 상황을 설명해야 해요. 그게 유일한 방법이에요."

"여길 좀 보렴, 마틸다." 아빠가 단호한 어조로 말했다. 그러고는 찻잔을 내려놓았다. "할머니는 여든 살이셔. 예전처럼 걷지 못하시고 긴 여행도 못 하셔. 쉽게 피로해지거든. 게다가 할머니 여권은 1993년에 만료됐고…."

"내 다리는 아주 튼튼하다. 걱정해줘서 고맙구나." 할머니가 짐짓 화난 목소리로 끼어들었다.

"여든 살은 그리 늙은 게 아니라우." 우리 옆 안락의자에 앉아 있던 두 부인이 한마음이라도 된 듯 말을 보탰다.

"모두 진정합시다." 아빠가 말했다. "할머니를 돕고 싶어 하는 건 좋은 일이야, 마틸다. 하지만 할머니가 너무 큰 기대를 하시게 하지 않았으면 좋겠구나. 스모크 교수는 오랫동안 '자신의' 발견 사실을 얘기해왔잖니. 전 세계 사람들이 스모크 교수가 그 행성을 발견했다고 믿는데, 그게 거짓이라고 설득하는 건 정말 어려울 거야."

아빠가 할머니를 쳐다봤다.

"특히 어머니가 관여했다는 아무런 증거도 없는 상황이잖아요. 이제 더 남은 게 아무것도 없는데."

"그게 무슨 뜻이에요?" 내가 물었다.

할머니가 깊은 한숨을 내쉬었다.

"아무도 이젠 나를 믿어주지 않을 거라는 생각에 몇 년 전 모든 문서와 사진을 내다 버렸단다. 좌절과 고통으로 얼룩진 세월을 더는 떠올리고 싶지 않았거든."

"아무도 베끼지 못하게 행성 특허 신청 안 하셨어요? 제가 핸디-핸디-핸드를 특허 신청한 것처럼요."

할머니가 부드럽게 고개를 저었다.

나는 할머니가 이토록 괴로워하는 모습을 보기가 싫었다.

"누가 증거 같은 거 신경 쓴대요? 진실은 우리 편이라구요!"

아빠가 얼굴을 찌푸렸지만, 별다른 말은 하지 않았다. 나들 이 문제에 이토록 침착할 수 있다니, 믿을 수가 없었다.

왜 우리가 즉시 공항으로 가지 않았냐고? 그러니까, 나는 여권이 없었고 해외에 나가본 적도 없었다. 하지만, 중요한 건 그게 아니었다. 우리는 어떻게든 스웨덴에 가야 한다. 왜 엄마 아빠는 그걸 모르는 걸까?

엄마가 억지로 꾸민 밝은 얼굴로 우리를 둘러보며 말했다.

"굉장한 날인걸! 이제 우리 모두 잠자리에 들어야 할 시간인 것 같아요. 청원서는 아침에 생각해보기로 해요."

내가 보기에 부모님은 이 문제가 얼마나 시급한지 전혀 이해하지 못하는 것 같았다.

그렇지만 부모님과 말다툼할 때가 아니란 걸 잘 알았다. 엄마 아빠는 아무것도 안 하려고 할 게 분명했다. 난관을 헤쳐 나가는 건 나한테 달린 일이었다.

"좋아요." 나는 최대한 상냥하게 말했다. "조스 할머니, 위층으로 모셔다드릴까요?"

아빠가 내 태도 변화에 놀라 눈을 치켜떴다. 그렇지만 윌프 할아버지가 늘 얘기한 것처럼, '필요는 발명의 어머니'다.

그리고 이번에는 그 어느 때보다도 창의적으로 생각할 필요가 있었다.

5

요양원을 탈출하는 법

“멋진데.” 아빠가 나를 보며 말했다. ‘노벨상 시상식에 쳐들어가자’는 허튼소리가 끝났다고 생각해서인지 아빠는 확실히 만족스러운 얼굴이었다. “총리에게 무슨 얘기를 쓸지 생각해보마. 됐지?”

나는 조스 할머니의 팔을 잡고 꽃무늬 벽지가 발라진 층계참을 따라 어두운 요양원 계단을 올라갔다. 창문 옆의 망원경을 다시 보니 훨씬 결심이 굳어졌다.

할머니 침실에 이르렀을 때 나는 할머니 손을 꼭 쥐었다.

“할머니…” 내 목소리는 아주 진지하고 침착했다. “할머니는 스웨덴에 가셔야만 해요. 노벨상 시상식장에 쳐들어가서 ‘그만하세요! 저 남자는 사기꾼입니다!’ 하고 말하셔야 해요. 그럼 저는 스모크 교수를 가리키면서 저 사람이 할머니의 발견을 훔쳤고 할머니야말로 위대한 과학상을 수상해야 한다고 전 세계에 말할 거예요."

할머니가 나를 보고 미소 지었다.

"마틸다, 부모님 말씀이 맞다. 난 여권이 없어. 게다가 지금 와서 대체 누가 내 얘기를 들어줄는지… 모르겠구나."

"우리가 그렇게 만들 거예요. 심사위원들이 우리 얘길 듣게 할 거예요." 나는 공모라도 하듯 몸을 기울였다. "할머니랑 거기에 이런 방법으로 갈 거예요. 주방 급식 담당자가 입는 흰색 가운을 가져올 테니 할머니가 그걸 입으세요. 그럼 의사처럼 보이니까 정문으로 쉽게 빠져나갈 수 있을 거예요. 그리고 요양원 미니버스를 훔쳐서 스웨덴까지 운전해서 가면 돼요. 출입국 관리소 직원들이 여권을 요구하면 '응급 상황입니다. 그런 바보 같은 질문에 답할 시간이 없어요.' 하고 말하면 돼요."

내 제안에 할머니의 형형한 푸른 눈이 반짝였다.

또 다른 생각 하나가 머릿속을 스쳤다.

"이거면 될 거예요! 할머니는 급식 카트 아래 숨고 제가 카트를 스톡홀름까지 쭉 밀고 가는 거죠. 국경수비대원은 닭고기와 버섯 전골로 매수하면 돼요. 어떻게 생각하세요?"

할머니가 빙그레 웃었다. 나도 같이 웃었다. 오늘 하루 동안 내가 웃은 건 이번이 처음이었다. 여전히 토머스 토머스한테 졌다는 것과 할머니가 겪은 불공평한 일을 받아들이기 힘들었지만, 어쨌든 할머니와 함께 킬킬대니 기분이 좋았다.

할머니가 내 뺨에 뽀뽀했다.

"참 착한 아이구나. 할아버지도 분명 자랑스러워하실 게다. 나처럼 말이지. 너한테 스모크 교수 얘기를 한 건, 내가 널 이해한다는 걸 알아줬으면 해서란다. 할아버지만큼은 아니겠지만, 네가 어떤 일을 겪고 있는지는 할머니도 잘 안다."

할머니 눈에 눈물이 고였다.

"편지도 쓰고 청원서도 내고 상황을 지켜보자. 그럼 되겠지? 우리가 할 수 있는 건 그게 전부인 것 같구나. 잘 자거라, 아가야."

할머니는 눈물이 그렁그렁한 눈으로 잠시 나를 바라보더니 방으로 들어가 문을 닫았다.

나는 '17호: 조스 무어'라고 쓰인 문패가 나를 쏘아보는 것 같아 얼굴을 찌푸렸다. 할머니가 다시 문을 열고 이렇게 말해주면 좋을 텐데. "우리 손녀 말이 맞아! 노벨상 시상식장에 가서 '스모크 교수! 당신은 사기꾼이오, 사기꾼!' 하고 소리치고 정당한 권리를 되찾아야겠다! 그럼 이 세상의 토머스 토머스 같은 멍청이들이 실상을 알게 되겠지!"

그렇지만 할머니는 그러지 않았다.

나는 한숨을 길게 내쉬고 아래층으로 내려갔다.

6

방아쇠는 당겨졌다

잠들기 좋은 시간인데도 머릿속에 휘몰아치는 숱한 생각 탓에 잠들기 어려웠다. 잠깐 졸다가 머릿속에 송전탑이 줄지어 늘어선 듯한 느낌에 다시 깼다. 머리에 반짝 불이 들어온 것 같았다. 조스 할머니가 정당한 대우를 받도록 해야 한다. 우리는 스모크 교수를 직접 만나 그가 한 짓을 따져야만 한다.

부모님 침실에서 나는 소리에 귀 기울였다가 집 전체가 고요해지자 나는 아래층으로 살금살금 내려가 거실에 있는 컴퓨터를 켰다. '스모크 교수'라고 입력하자 제일 먼저 나타난 결과는 그의 웹사이트였다.

뉴스에 방송된 사진과 다른 사진이 실려 있었다. 사진 속의 스모크 교수는 흰색 가운을 입고 직사각형 유리판을 들고 있었으며 유리판에는 검은 반점이 가득했다. 그는 이 사진 속에서도 의기양양한 웃음을 드러냈다.

스모크 교수 이름 옆에는 글자가 길게 나열돼 있었는데, 다양한 종류의 자격을 나타내는 것 같았다. 나는 이게 뭔지 잘 알았다. 아빠는 '맬컴 무어 FCA CTA'인데, 그건 아빠가 공인회계사라는 뜻이다. 스모크 교수는 이렇게 나와 있었다.

타퀸 네빌 이그네이셔스 스모크 교수(박사)

이학사/물리학 석사/물리학 박사/골드 블루 피터 배지

타퀸 네빌 이그네이셔스. 정말 우스꽝스러운 이름이잖아!

그러나 그걸로 기운을 차리기엔 부족했다. 나는 검색 페이지를 훑고 또 훑어 내려갔다. '스모크 교수의 위대한 발견'에 관한 글들뿐이었고, 대부분은 유리판을 든 그의 사진이 함께 실려 있었다. 조스 할머니 얘기는 흔적조차 없었다. 진실을 밝혀줄 증거처럼 보이는 것은 전혀 찾아볼 수 없었다.

총리에게 편지를 쓰게 된 건 결국 이 때문이었다. 진짜 무슨 일이 일어났었는지 총리가 원인을 밝혀줄 수 있을지 모른다. MI5(영국 보안정보국의 약칭:옮긴이)에 지시할 수도 있겠지! 나는 정부 웹사이트에서 이메일 주소를 찾아내 이렇게 썼다.

총리님께,

잘 지내시는지요. 저희 아빠는 항상 고객에게 비즈니스 이메일을 쓸 때 앞의 문장을 넣어요. 저도 중요한 문제 때문에 이 이메일을 쓰게 되었다는 걸 알려드리고 싶어요. 과학 연구 도난에 관한 일입니다. 키건 교장 선생님이 말씀하신 것처럼 첫 부분에 인용구를 넣으려 했지만 찾을 수가 없었어요. 그래서 이렇게 말씀드려야 할 것 같아요.

타퀸 네빌 이그네이셔스 스모크 교수(박사) 이학사/물리학 석사/물리학 박사/골드 블루 피터 배지는 1967년에 저희 할머니가 발견한 새로운 별의 연구 업적을 훔쳤는데, 사실 그 별은 행성으로 밝혀졌고 이번 일요일에 스모크 교수는 그 행성을 발견한 공로로 노벨 물리학상을 받을 예정입니다.

저는 이 부분을 모두 굵은 글씨로 썼어요. 중요한 문제라는 걸 알려드리려고요.
저희 할머니는 조스 무어 박사이고, 실제로 그 행성을 발견한 사람이에요. 하지만 할머니가 여성이라는 이유로 아무도 믿어주지 않았어요. 총리님도 여성이니까 믿어주시리라 생각해요.
스모크 교수가 아닌 저희 할머니가 상을 받도록 해주실 수 있나요? 그리고 가능하다면 하는 김에 골드 블루 피터 배지도 같이요. 그럼 정말 좋을 거예요.
감사합니다! 저는 열두 살밖에 안 돼서 총리님께 투표하지 못했지만, 6

년 후 제가 투표할 수 있을 때도 후보로 나오시면 표를 드릴게요.

마틸다 무어(12세)

발명가

☆추신 : 저희 엄마와 아빠도 총리님께 편지를 쓸 거예요. 그렇지만 부모님 편지는 제가 쓴 이메일만큼 흥미롭거나 재치 있지는 않을 거예요.

내가 '보내기' 버튼을 누르자마자 바로 답신이 날아들었다. 제목은 '자동응답: 다우닝 가 10번지'였고, 이메일에는 이렇게 쓰여 있었다.

총리실로 연락해주셔서 감사합니다. 모든 이메일은 확인 후 한 달 이내에 답변 드리도록 최선을 다하겠습니다.

한 달? 그러면 아무 소용이 없잖아! 한숨이 나왔다.

나는 인터넷 검색 화면을 스크롤하며 읽었다. 뭔가 놓친 게 있을까 싶어서였다. 하지만 나오는 건 스모스크 교수에 관한 내용과 그의 짜증나는 얼굴, 의기양양한 표정, 짜증나는 그 유리판이 전부였다. 눈꺼풀이 내려왔다. 컴퓨터에 표시된 시간을 보니 새벽 3시 7분이었다. 이런, 할머니가 자료를 다 갖다 버리지만 않았어도! 그러지만 않았어도….

순간 머릿속을 스치는 생각이 있었다.

검은색 반점으로 덮인 유리판. 전에 본 적이 있었다. 확실히 본 적이 있었다! 지난 한 시간 동안 스크롤하며 봤던 열 페이지짜리 화면 외에도 본 기억이 났다.

할머니가 할아버지 작업실에 있던 물건들을 주셨을 때, 거기에 닳아서 해진 종이 상자가 있었다. 그 안에는 오래된 문서들과 검은색 얼룩과 반점으로 뒤덮인 직사각형 유리판이 있었다. 나는 할머니가 실수로 그걸 나한테 준 거라고 생각했지만, 그런 얘기는 하지 않았다. 할머니를 더 속상하게 하고 싶지 않았기 때문이다.

나는 컴퓨터를 끄고 위층을 향해 달려갔다. 방 안으로 들어가서 침대 밑을 뒤졌다. 낡은 종이 상자를 꺼내 직사각형 모양의 유리판을 끄집어냈다. 스모크 교수가 사진 속에서 들고 있던 것과 똑같은 유리판이었다. 다른 점이 있다면 이 유리판에는 맨 아래에 날짜와 함께 'J.M.'이라는 이니셜이 새겨져 있다는 거였다. 나는 검은 반점들을 뚫어질 듯 노려봤다. 유리판 전체가 반점으로 덮여 있었는데, 가운데에 다섯 개 점이 모여 있었다. 그중 반점 하나는 다른 것들보다 약간 컸다. XT28E. 그 별이 틀림없었다.

바로 이거야! 이게 바로 증거물이야! 할머니는 지금은 행성으로 알려진 그 별을 발견했고, 이게 바로 그 사진 증거라고!

전 세계에 알려야 할 때였다.

나는 계단을 내려가 부모님 침실로 뛰어 들어갔다.

"증거를 찾았어요!"

아빠가 침대 위에 똑바로 앉았다. 검은색 안대를 쓰고 있던 아빠는 잠이 덜 깬 얼굴로 안대를 벗으려고 애썼다.

"대체 무슨 일이야?"

나는 침실 등을 켜고 엄마와 아빠 코앞에 유리판을 들이밀었다.

"할머니가 찍은 별 사진이에요. 할머니는 이 사진을 내다 버렸다고 생각하시지만, 할아버지가 수십 년 동안 작업실에 보관하셨더라고요!"

엄마가 안경을 찾아 끼고 아빠와 함께 사진을 꼼꼼히 살펴봤다.

"별 사진처럼 안 보이는걸." 아빠가 얼굴을 찌푸렸다.

이럴 시간이 없었다.

"절 믿어보세요." 나는 이미 길을 떠나는 데 필요한 목록을 마음속으로 정리하고 있었다. "이건 확실한 증거라고요. 다 같이 짐을 꾸려요."

"마틸다." 아빠가 엄한 목소리로 말했다. "그만해."

"뭘요? 우린 스톡홀름에 가야 한단 말이에요!"

"아직 너무 이르잖니." 엄마가 타일렀다. "아침에 이 문제를 좀 더 얘기해보는 게 어떠니?"

"그렇지만…."

"안 된다." 매우 조용하고 변함없는 목소리로 아빠가 끼어들었다. "뭔지도 모르는 오래된 사진만 갖고 할머니를 지구 반 바퀴 돌아 스웨덴까지 힘들게 가시게 할 순 없다. 일을 제대로 해야지. 이제 이 얘긴 그만하거라. 방으로 들어가 자려무나."

아빠가 다시 안대를 쓰고 누웠다.

"뭔지도 모르는 그냥 오래된 사진이 아니에요. 이건 증거라고요."

그렇지만 아빠는 내 말을 못 들은 척했다.

내가 앞에서 말했던 그 유명한 남자, 토머스 에디슨을 떠올려보라. 에디슨이 전구를 발명하려 했을 때 아무도 그를 지원해주지 않았다. 그를 실패한 사람이라 생각했기 때문이다. 에디슨이 전구를 발명한 건 결국 천 번째 실험에 이르러서였다. 천 번째라니! 대부분의 사람들은 천 번은커녕 훨씬 전에 포기했을 거다. 특히 절대 못할 거라고 모두가 계속 말하는 상황에서는 더더욱.

그랬다면 우리는 지금도 어둠 속에 앉아 있겠지. 그렇지 않겠어?

누군가 에디슨에게 "천 번을 실패하니 기분이 어떻던가요?" 하고 물었더니 에디슨은 "난 천 번을 실패한 것이 아니오. 전구는 천 번의 단계를 거친 발명품이었소." 하고 답했다고 한다. 토머스 에디슨은 내 영웅 같은 사람이다. 여러분은 눈치챘겠지만.

그래서 나는 논쟁을 계속하지 않는 게 좋겠다고 생각했다.

"근데 아빠, 스웨덴은 고작 1,100킬로미터밖에 안 떨어져 있어요. 인터넷에서 찾아봤는데 지구 반 바퀴를 도는 것도 아니고요. 그렇지만 무슨 얘기인지는 알겠어요."

나는 한 번 시도해보고 바로 포기하는 바보가 아니었다.

7

숙녀들의 다리

나는 침대로 돌아가지 않았다.

방 안을 살금살금 돌아다니면서 흥미진진한 모험을 위해 필요하다 싶은 건 뭐든지 배낭 안에 던져 넣었다. 스케치북과 연필, 젤리과자 봉지, 물병, 스크루 드라이버, 스패너, 펜치, 줄자, 조스 할머니의 사진판(극도로 주의를 기울여 안전하게, 오래된 점퍼로 둘둘 말아서 쌌다), 그리고 물론 핸디-핸디-핸드도 넣었다.

차곡차곡 모은 돈을 넣어둔 플라스틱 통도 침대 밑에서 꺼냈다. 핸디-핸디-핸드의 특허권을 얻은 이후로 한동안 저축한 돈이었다. 국제적인 활동을 꿈꿨기 때문이다.

나는 엘렌 맥아더로부터 작은 요령을 하나 배웠다. 2005년, 엘렌 맥아더는 기존 세계 기록을 깨고 혼자서 최단 시간에 세계 일주 항

해에 성공했다.

여러분, 상상되는가? 바다 위에서 나를 향해 덮쳐오는 이층 버스만 한 높이의 파도에 맞서는데, 가장 가까이에 있는 사람들이라곤 하늘 위 유럽 우주정거장에서 일하는 사람들뿐이었다. 엘렌 맥아더는 내 나이였을 때 처음으로 보트를 사고 싶었지만 돈이 없어서 점심값을 아꼈다고 한다. 학교 식당에서 가장 싼 구운 콩과 으깬 감자만 사 먹었는데, 그렇게 아낀 돈을 목표를 위해 저축한 것이다. 8년간 꼬박 매일같이 그렇게 했다고 한다. 구운 콩과 으깬 감자를 8년간 매일 먹다니! 대박! 나는 엘렌 맥아더의 TED 강연을 모두 챙겨 봤다.

그래서 나는 점심으로 매일 채식주의자용 오븐 파스타를 먹는다. 1.3파운드(1파운드는 한화로 약 1,500원:옮긴이)밖에 안 하기 때문이다. 그렇게 하면 아빠가 준 용돈 중 하루에 1.7파운드를 아낄 수 있다. 신청료가 수천 파운드나 되는 국제 특허를 따내기 위해 나는 6개월 동안 그렇게 해왔고, 앞으로도 계속해야 한다. 다른 아이들은 이런 나를 이상하다고 생각한다. 전 세계 수많은 매장에서 핸디-핸디-핸드를 살 수 있게 되고 또 내가 유튜브 스타가 되어도 나를 계속 이상하게 여길지 어디 한번 보자구.

그렇긴 해도 국제 특허를 따내려면 한참을 더 기다려야 한다. 엄마와 아빠는 그리 생각 않겠지만, 지금은 조스 할머니랑 할머니의 사진판을 갖고 일요일까지 스웨덴에 가는 게 훨씬 급하다. 넋 놓고 앉아서 총리가 답변해주기만을 한 달씩 기다릴 여유가 없었다. 이

것만이 유일한 방법이었다.

해가 서서히 떠오르자 나는 잠옷을 벗고 데님 멜빵바지로 갈아입었다. 그리고 원소 주기율표와 '나는 이 티셔츠를 주기적으로 입는다'라고 쓰인 보라색 티셔츠를 입었다. 주기적으로 입는 건 주기율표 티셔츠이기 때문이지! 나는 이게 좋다.

짙은 감색 더플코트로 몸을 감싸고 흰색 운동화에 발을 밀어 넣고는 엄마 아빠가 아직 자는지 확인한 다음 살금살금 계단을 내려와 현관을 나섰다.

나는 살면서 이런 일을 해본 적이 한 번도 없었다. 집에서 몰래 도망치는 일 말이다. 그렇지만 이건 할머니를 위한 일이다. 엄마 아빠도 그걸 알면 분명히 괜찮다고 할 거다. 결국에는 말이지. 내가 대학에 갈 때쯤에는.

할머니네 집에 가는 동안 단 한 사람도 마주치지 않았다. 하긴 새벽 4시 53분이니 그럴 만도 했다.

캔터베리 요양원 쪽으로 모퉁이를 돌았을 때, 나는 기절초풍하는 줄 알았다. 아래층의 모든 불이 켜져 있었고 진입로에 경찰차가 서 있었다. 나는 그게 누구 때문인지 알아차렸다.

나는 요양원 정문으로 뛰어 들어가서 라운지로 달려갔다. 라운지는 사람들로 꽉 차 있었다. 모든 입주자가 잠옷 바람으로 나와서 TV를 보는 척했지만, 사실은 경찰관이 누군가에게 호통치는 걸 듣고 있었다.

그 누군가는 바로 조스 할머니였다.

“귀중한 경찰력 낭비입니다. 입주자 분을 찾아서 집에 모셔다 드려야 하니까요.” 경찰관이 불평하듯 말했다.

라운지는 어수선한 가운데 사람들의 웅성거림으로 가득했다. 이전에 요양원을 탈출하려 한 사람이 아무도 없었기 때문이다. 그만큼 요양원은 쾌적한 곳이었다.

내 뒤에 있던 부인 몇 명이 속삭였다. “비행장 쪽으로 가고 있었다고 들었어요!”

할아버지 두 명이 짝 맞추기 카드 게임을 하며 중얼거렸다. “무어 부인은 배짱이 있어. 대단해.”

나는 곧장 사람들에게 다가갔다.

“무슨 일이에요?”

“마틸다!” 조스 할머니가 놀라서 말했다. “여기서 뭐 하는 거니?”

그제야 나는 할머니가 핸드백을 들고 빨간색 겨울 코트와 흰색 점퍼, 두꺼운 갈색 양모 바지를 입고 등산화를 신고 있다는 걸 깨달았다. 순간 머릿속에 떠오르는 생각이 있었다.

“할머니랑 같은 걸 하려는 거죠! 스웨덴에 가는 거요!”

할머니가 멋쩍은 표정을 지으며 뭔가를 말하려 하는데, 파란 앞치마를 두른 부인 하나가 우리 쪽으로 왔다. 요양원 관리자인 해거드 여사였다. 해거드 여사는 좋은 분이지만, 항상 기운이 쭉 빠져서 스트레스를 받는 편이었다.

“무어 부인의 아드님께 연락했어요.” 해거드 여사가 경찰관에게 말했다. “아드님은 이렇게 이른 시간에 깨서 기분이 썩 좋지 않은 것 같더군요. 그래도 곧 여기로 올 겁니다."

나는 할머니를 바라보고는 침을 꿀꺽 삼켰다. 곧 있으면 부모님은 내가 침대에 없다는 사실을 알게 될 것이다. 우리 둘 다 굉장히 곤란해질 게 빤했다.

"좋습니다." 경찰관이 고개를 끄덕였다. "그럼 전 이만 가보겠습니다. 그렇지만 무어 부인, 습관적으로 달아나시면 안 됩니다."

그는 마지막으로 단호한 얼굴로 우리 둘을 바라본 뒤 해거드 여사의 안내를 받으며 방을 나갔다.

죄책감이 밀려왔다. 요양원을 빠져나간다는 건 결국 내 아이디어였기 때문이다.

"죄송해요."

할머니가 손을 들어 내 말을 막았다.

"아니야! 그건 내가 잠시 정신 나갔기 때문이지 네 잘못이 아니란다. 넌 잘못한 게 없어."

"할머니한테 보여드릴 게 있어요." 나는 배낭에 손을 뻗으며 조심스럽게 말했다. "제가 이걸 찾았어요!"

할머니는 너무 놀라서 숨이 턱 멎은 듯했다.

"네가 이걸 어떻게… 어디서 이걸?"

할머니 얼굴에 미소가 번졌다. 할머니는 손으로 유리판을 집어 들고는 유심히 살펴봤다.

"난 이걸 오랫동안 본 적이 없는데…" 할머니 눈에 눈물이 고였다. "너도 알겠지만, 이건 XT28TE를 발견한 그날 밤에 찍은 거란다."

할머니가 눈물을 훔치는 와중에 창가에 조용히 앉아 있던 노부인이 우리 쪽으로 느릿느릿 걸어왔다.

"안녕하시우." 노부인이 활짝 웃어 보였다. "난 글래디스라고 한다우. 아무한테도 이런 말을 한 적이 없지만, 난 런던 워털루 다리를 만들었답니다."

한숨도 자지 못한 데다 이른 새벽에 집 밖으로 몰래 빠져나온 탓인지 잠이 쏟아지기 시작했다. 눈꺼풀이 무겁게 느껴졌다.

"그런데 그게 왜요?" 내가 물었다.

"1941년에 말이야," 글래디스 부인이 말을 이었다. "우린 한창 전쟁 중이었지. 남성이 하던 일을 여성이 해야 하는 상황이었단다. 남자들은 전선에서 싸웠지만, 워털루 다리는 재건축이 필요했지. 본래 기초 구조물에 문제가 있어서 기습 공격 중에 심하게 손상됐거든. 그래서 우리가 다시 지었단다. 출신 배경에 상관없이 모든 여성이 힘을 합쳐 다시 만들고 몇 달 후 짜잔! 다리가 완공된 거지."

"멋진데요!"

다리를 만든다고? 여자들이 그렇게 힘쓰는 엄청난 일을 했단 말이야? 이거야말로 내가 바라던 이야기였다.

"모두가 굉장히 감사하게 생각할 거예요!"

"내가 하고 싶은 말이 그거란다, 얘야." 글래디스 부인이 말했다. "우린 아무에게도 감사 인사를 듣지 못했지. 전쟁이 끝나자 공식적인 다리 개통식이 열렸어. 한 정치인이…" 글래디스 부인이 눈을 감더니 70년 전에 들은 말을 그대로 똑같이 들려줬다. "이렇게 말하더구나. '워털루 다리를 만든 사람들은 운이 좋은 사람들입니다. 이름이 잊힐지는 몰라도 이들의 업적은 앞으로 런던의 자부심이며 런던 시민에게 유익한 자산이 될 것입니다.'"

글래디스 부인이 눈을 떴다.

"이것 보렴. 우리 이름은 잊힌 게 아니란다. 우리가 기울인 노력도 마찬가지고."

나는 글래디스 부인을 뚫어지게 쳐다봤다. 이 얘기가 어떻게 이어질지 알 것만 같았다.

"우리도 스웨덴 얘기를 들었다." 글래디스 부인이 말을 이었다.

다른 입주자들도 동의한다는 듯 중얼거렸다.

"네가 할머니를 모시고 스웨덴에 꼭 가야 한다고 다들 생각하고 있지." 글래디스 부인이 말했다.

그 말을 듣자 온몸에 활력이 솟아오르는 듯한 기분이 들었다. 피곤하다는 생각이 말끔히 사라졌다.

"네?"

글래디스 부인이 슬리퍼를 신은 발을 내려다봤다. 푸른빛이 도는 정맥이 종아리까지 이어져 있었다.

"내 다리로는 요즘 계단을 오르기도 버겁단다. 그렇지만 우리 여성들을 위한 일이라면, 난 여기서 쏜살같이 달려나갈 수 있단다."

"옳소!" 하얗게 꼬부라진 콧수염을 기른 할아버지가 라운지 맞은편에서 큰 소리로 말했다.

글래디스 부인이 나와 조스 할머니의 손을 꼭 쥐었다.

"그러니 꼭 가도록 해요. 우리 모두를 위해서라도!"

내가 뭔가 말하려고 하는데, 글래디스 부인이 손에 힘을 꽉 줬다.

"정의를 위해!" 부인이 소리쳤다.

"정의를 위해!" 라운지에 있던 모든 사람이 한목소리로 외쳤다.

"영광을 위해!" 꼬부라진 콧수염 할아버지가 우렁차게 외쳤다.

조스 할머니와 나는 서로 빤히 쳐다봤다.

"가요! 지금!" 글래디스 부인이 재촉했다. "가족이 도착하기 전에요. 우리가 도와줄게요."

나는 조스 할머니를 바라봤다. 할머니는 여전히 유리판을 잡고 있었다.

"우린 이제 증거도 있잖아요."

내가 웃으며 말하자, 할머니가 나와 유리판과 글래디스 부인을 차례로 봤다.

"정말요? 정말 우리를 도와주실 건가요?"

요양원 입주자 모두가 의자를 뒤로 밀치고 가까스로 일어섰다.

"어디 우릴 막아보라지."

꼬부라진 콧수염 할아버지가 소리치자, 다른 입주자들도 즐거운 표정으로 그를 따라 소리쳤다.

"기꺼이 도와드려야죠."

글래디스 부인이 활짝 웃었다.

8

작전 개시

"빨리!" 입주자 한 명이 창밖을 보며 목소리를 낮췄다. "아드님이 여기 와 있어요, 조스!"

밖에서 차 문이 쾅 닫히는 소리가 났다. 자갈 위로 뽀드득뽀드득 발소리가 났다.

"무어 씨," 해거드 여사가 정문 입구 계단에서 불렀다. "제 사무실로 오시죠. 어머님을 모셔오도록 리즈를 올려 보냈습니다."

라운지 안에서 꼬부라진 콧수염 할아버지가 소리쳤다. "구슬을 투입하라!"

카드 테이블에 있던 두 할아버지가 주머니에서 유리구슬 주머니를 꺼냈다. 그들은 장난기 가득한 미소를 띠고 온 바닥에 유리구슬을 풀어놓았다. 구슬들이 카펫 위로 굴러가는 것을 보면서 모두 숨어서 기다렸다.

그때 검은색 곱슬머리의 깐깐한 요양원 간호조무사가 라운지 안으로 들어왔다.

"저는 조스 무어 부인을 찾고 있습니다아아아아아아~"

간호조무사가 미끄러지면서 비명을 질렀다. 그녀는 팔을 뻗어 균형을 잡으려고 미친 듯이 허우적댔지만, 다리가 풀리면서 쿵 하고 바닥에 나동그라졌다.

그걸 보고만 있을 때가 아니었다.

"이쪽으로요!" 내가 소리쳤다.

조스 할머니와 나는 바닥에 깔린 유리구슬을 피해 조심조심 라운지를 가로질러 가서 다시 일어서려 애쓰는 간호조무사 위를 넘어갔다. 우리는 재빨리 라운지 밖으로 나가 복도를 따라 요양원 뒤편의 테라스 문 쪽으로 갔다. 출구를 코앞에 두고 오른쪽 방에서 목소리가 흘러나왔다.

"대체 왜 이런 시끌벅적한 상황이 생긴 건지 모르겠네." 목소리 주인공이 씩씩거렸다. "할 일이 너무 많잖아. 미치광이처럼 돌아다녀야 하는 건 또 어떻고."

나는 고개를 빼서 방 안을 둘러봤다. 방 안에는 파란색 머리의 청소부 아줌마가 넙죽 엎드려서 굽도리(방 안 벽의 밑부분:옮긴이)를 닦아내고 있었다. 아줌마는 바로 출입구 안쪽에 있었다. 들키지 않고 지나간다는 건 불가능했다.

젠장. 이를 어쩌지.

그때 생각 하나가 머릿속에 떠올랐다. 복도 아래쪽으로 좀 더 가면 청소부 아줌마의 세탁물 바구니가 있었다. 내 방에 있는 소쿠리와 달리 대형 세탁물 바구니여서 요양원 식탁보와 냅킨을 다 담을 수 있을 만큼 컸다. 우리 학교 밖에 있는 바퀴 달린 대형 쓰레기통만큼이나 컸다.

"할머니, 이 안으로 들어오세요!"

할머니가 망설이는 얼굴로 나와 거대한 세탁물 바구니를 번갈아 봤다.

"계획이 있어요." 계획이래봤자 바구니 안에 들어가는 게 다였지만, 나는 확신에 찬 목소리로 말했다. "제가 밀게요." 나는 배낭을 열었다. "할머니 핸드백을 여기에 넣으실래요? 혹시 모르니까."

할머니는 "혹시 뭐?"라고 묻지도 않고 핸드백을 배낭 안에 던져 넣었다. 나는 할머니에게서 사진판을 받아 들고 그것도 배낭 안에 조심스레 넣었다. 그러고는 배낭을 어깨에 메고 앞에 양 손가락으로 깍지를 꼈다.

"받쳐드릴게요."

할머니가 그처럼 놀라는 표정을 지은 건 한 번도 본 적이 없었다. 하지만 어쨌든 할머니는 내 깍지 낀 양손에 왼쪽 발을 올려놓았다.

나는 온 힘을 다해 위쪽으로 들어 올렸다. 할머니는 세탁물 바구니 꼭대기를 움켜잡고 있는 힘껏 몸을 안쪽으로 밀어 넣었다.

"와아아아앗!"

할머니가 소리를 지르며 베갯잇과 타월 더미 위로 쓰러졌다.

나는 바구니 끄트머리를 잡았다. 발꿈치를 들어도 어림없을 만큼 안을 들여다보기엔 너무 높았다.

"할머니! 괜찮으세요?"

할머니가 바구니 꼭대기에서 모습을 드러냈다. 머리에는 냅킨이 꽂혀 있었다. 나는 터져 나오는 웃음을 간신히 참았다.

"여기서 얼른 나가자꾸나." 할머니가 헐떡이며 말했다.

세탁물 바구니를 들여다보니 아래쪽에 레버가 눈에 띄었다. 브레이크가 걸려 있었다.

"급식 카트가 아니라 죄송해요."

나는 킬킬거리며 바구니를 밀고 복도를 따라 테라스 문 쪽으로 갔다. 바구니는 쇼핑 카트보다 훨씬 무거웠다. 게다가 안에는 귀중한 화물도 들어 있었다. 나는 열두 살짜리 애가 요양원에서 대형 세탁물 바구니를 미는 게 세상에서 가장 평범한 일이라도 되는 양 휘파람을 불었다. 이제 거의 다 왔다!

그때 누군가의 목소리가 내 귀에 꽂혔다.

"너 지금 뭐 하니?"

나는 깜짝 놀라 기절할 뻔했다. 고개를 돌려 보니 청소부 아줌마가 팔짱을 낀 채 의심스럽다는 눈으로 나를 바라보고 있었다.

"저는, 저는 해거드 여사님께 도와드리겠다고 말씀드렸거든요." 나는 말을 더듬었다. "여기에 큰일이…" 청소부 아줌마가 아까 '시끌벅적한 상황이 생겼다'고 말한 걸 떠올리며 나는 라운지 쪽으로 머리를 홱 돌렸다. "일손이 부족한 것 같아서요."

청소부 아줌마가 앞치마에 손을 닦고는 웃으며 말했다.

"아유, 착하기도 하지. 고맙구나. 오늘따라 어찌나 일이 많은지 원. 뒷문에 갖다 놓으렴."

나는 세탁물 바구니를 두고 씨름하느라 생긴 땀방울을 코트 소매로 닦고는 다시 테라스 문 쪽으로 향했다.

"잘했다, 마틸다." 할머니가 바구니 안에서 말했다.

수북이 쌓인 천에 묻혀 있어서 그런지 할머니 목소리가 뭉개져서 들렸다. 그래도 나는 할머니의 격려에 힘이 났다.

"방금 그거 뭐였니?" 청소부 아줌마가 갑자기 내 어깨 위로 나타나서 물었다. 정말이지 아줌마는 박쥐처럼 소리를 잘 엿들었다.

"아, 아무것도 아니에요. 아무것도." 나는 대충 얼버무렸다. "설탕 입힌 롤빵이 생각나서요."

"설탕 입힌 롤빵이라. 나도 그거 굉장히 좋아하는데. 하하하. 그럼 잘 가렴."

나는 재빨리 테라스 문을 열고 세탁물 바구니를 쭉 밀었다. 그리고 아줌마가 부탁한 대로 뒷벽에 세탁물 바구니를 세워놓았다. 나는 아무 일 없다는 듯 휘파람으로 노래를 부르면서 배낭끈을 조였다. 청소부 아줌마가 뒤에서 내 움직임을 하나하나 관찰하고 있다는 걸 알기 때문이었다.

라운지에서 나오는 소음이 잦아들었다. 글래디스 부인이나 다른 입주자들의 말소리가 더는 들리지 않았다. 언제든지 아빠가 나랑 할머니를 찾으러 올 것만 같았다. 우리는 떠나야 했다. 지금 당장!

“아, 제발.” 나는 숨죽여 소곤소곤 말했다. 멍청한 청소부 아줌마가 매처럼 나를 쳐다보는 건 그만두고 얼른 다른 일을 시작했으면 싶었다. “얼른 좀 가버리지!”

영원처럼 느껴지던 시간이 지나고 청소부 아줌마가 양동이에서 걸레를 꺼내더니 청소하러 사라졌다. 드디어 갔구나!

“할머니!” 나는 세탁물 바구니 쪽을 보며 속삭였다.

그런데 바구니가 사라지고 없었다.

대형 세탁물 바구니가 정원으로 난 길을 따라 빠른 속도로 굴러가고 있었다.

“할머니?!”

브레이크 거는 걸 깜빡한 게 틀림없었다. 이런, 할머니가 나 때문에 죽기라도 하면 어쩌지!

바구니 안에서 할머니가 위아래로 휘청이며 “아아-아아-아아-아아-아아” 하는 소리가 들려왔다.

세탁물 바구니는 요양원 뒷문을 쏜살같이 통과해 도로 위로 곧장 내려갔다. 그리고 도로 한가운데에 아주 깔끔하게 착륙했다.

대로 한복판에, 바로 앞에서 차들이 달려오는 길 위에 떨어진 것이다.

9

나무늘보보다 느린 우유 배달차

스톡홀름까지 1,815킬로미터

사건에 휘말린 모든 이에게 다행스럽게도 다가오는 차량은 바로 우유 배달차였다. 배달차는 나무늘보보다도 느리게 움직이는 것 같았다.

조 스콰이어로 불리는 나이 든 우유 배달부는 아침 배달을 막 끝낸 참이었다. 그는 생산적인 토요일을 보냈는데, 아침 내내 일반 우유, 저지방 우유, 탈지유, 오렌지 주스 등을 아노스 얌에 사는 137가구에 배달했다. 그런데 바로 자기 앞 도로 한복판에서 세탁물 바구니와 거기서 튀어나온 노부인을 마주치리라곤 전혀 상상조차 못 했을 것이다.

우유 배달차가 끼익 소리를 내며 멈췄다.

"아이고, 깜짝이야!"

"저, 기사 양반~" 조스 할머니가 외쳤다. "나 좀 일으켜주시겠수?"

내가 요양원 정원 길을 마구 달려가는 동안 스콰이어 씨가 운전석에서 내려왔다.

"할머니, 괜찮으세요?"

당황한 스콰이어 씨는 나와 함께 할머니를 일으켰다.

"제가 속력을 줄여서 천만다행이지 뭡니까. 제 차에 치일 수도 있었다고요."

그 말을 듣고 나는 엄청난 죄책감을 느꼈다. 여행 시작부터 내 실수로 할머니를 죽게 만들 뻔하다니. 우리에게 도움이 절실하다는 게 확실해졌다.

순간 머릿속에 좋은 생각이 떠올랐다.

"괜찮아요, 할아버지. 고소하지 않을게요."

스콰이어 씨의 눈썹이 치켜 올라갔다.

"…마아아안약에 도버 항까지 우릴 태워다 주신다면요."

나는 그렇게 말한 뒤 할머니를 모시고 우유 배달차 뒤로 가서 그날 아침 두 번째로 손깍지를 꼈다.

할머니는 곧바로 뭘 할 생각인지 눈치챘고, 나는 할머니를 있는 힘껏 받쳐 배달차 쪽으로 밀어 올렸다. 할머니는 뒤집힌 상자 위에 겨우 앉아 차 옆쪽을 꽉 잡았다.

"좀 비좁은 것 같구나." 할머니가 외쳤다.

"잠깐만요! 이러시면 안 됩니다. 토요일이라고요." 스콰이어 씨가 항의조로 말했다. "제일 바쁜 날이란 말입니다."

나는 배달차에 올라타서 할머니 옆에 끼어 앉았다. 그리고 스콰이어 씨에게 소리쳤다.

"우린 준비됐으니 언제든 출발하세요. 우린 시간이 넉넉하지 않다고요!"

스톡홀름 시청사에 갈 수 있다는 희망이 조금이라도 있다면 어떻게 해서든 가야만 하는 것이다.

스콰이어 씨는 눈앞에서 벌어지는 일이 믿기지 않았다. 아인슈타인처럼 부스스한 흰머리의 노부인과 불안정해 보이는 어린 여자애가 몰아붙이는 통에 얼떨결에 도버 항까지 내달리게 되다니.

(여러분은 내가 이걸 어떻게 아는지 궁금할 거다. 사람들은 모든 일이 끝난 후 자기가 겪은 일을 나한테 몹시 말하고 싶어 했다고만 해두겠다. 사람들은 사건 속에서 자기가 어떤 역할을 했는지 세상이 알아주길 바랐다. 그러니 이들이 겪은 일을 내가 얘기할 때 그 점을 기억하면 된다.)

도버 항으로 가는 우유 배달차 뒤에서 중심을 잡는 동안, 나는 우리의 모험이 어떻게 흘러갈지, 어떤 사람들을 만나게 될지에 대해 아무 생각이 없었다. 솔직히 말하면 과연 성공할 수 있을지 전혀 확신이 안 들었다.

10

만세! 만세! 만세!

요양원에서는 소동이 가라앉고 '평상시' 분위기로 다시 돌아갔다. 유리구슬은 말끔히 치워졌다. 청소부 아줌마는 세탁물 바구니가 도로 한가운데에 뒤집혀 있는 걸 전혀 몰랐다. 꼬부라진 콧수염을 기른 할아버지는 우리 아빠한테 꽤 그럴듯하게 둘러댔다고 생각했다. 그는 조스 할머니가 자기 때문에 일어난 말썽을 곱씹으며 정원에서 혼자 있고 싶어 한다고 둘러댔다. 글래디스 부인은 기발하게도 잔디밭 저편으로 가서 조스 할머니의 낡은 외투를 걸쳤다. 그래서 우리 아빠는 창밖으로 멀리 정원 쪽을 보면서도 빨간색 외투를 걸친 백발의 부인이 조스 할머니가 아닐 거라는 생각을 하지 못했다. 아빠는 잠시 글래디스 부인이 앉아 있는 걸 지켜보다가 할머니의 행동을 따지러 밖으로 나갔다.

요양원의 나머지 공간은 사람이 텅텅 비었는데, 요양원을 탈출하지 않은 입주자들이 2층으로 올라가서 서로 망원경을 들여다보느라 북적댔기 때문이다.

그들은 조스 할머니와 내가 우유 배달차 뒤에 올라타는 걸 빙그레 웃으며 지켜봤다. "만세!" 소리가 요양원 전체에 쩌렁쩌렁 울려 퍼졌다. 모든 입주자들이 스콰이어 씨가 나랑 할머니를 차에 고이 싣고 엔진에 시동을 걸어 출발하는 걸 흐뭇하게 지켜봤다.

조스 할머니는 어딜 가나 사람들에게 영감을 불러일으키는 사람이다. 할머니는 한번 시도해보고 바로 포기하는 사람이 아니다. 할머니는 더 이상 무시당하지 않을 것이다. 제때 스웨덴으로 부리나케 달려가 스모크 교수를 막을 수 있는 사람은 바로 조스 무어밖에 없다.

아마, 결국은 모든 게 잘 해결되겠지.

11

도버의 하얀 절벽

아노스 얌은 도버 항에서 그리 멀지 않다. 차로 20분밖에 안 걸리는 거리니까. 우유 배달차로 견딜 수 없을 만큼 느릿느릿 달리면 95분 정도 걸리려나. 스콰이어 씨는 그날 달갑지 않은 교통사고를 겪은 뒤라 또 비슷한 일을 겪고 싶지 않았을 것이다. 그는 시속 16킬로미터의 속도로 일정하게 달렸다. 우리를 싣고 도버 항으로 이어진 고속도로를 그토록 천천히 달리는 게 좋을 리 없었다.

나는 우리 뒤로 길게 줄지어 있는 성난 운전사들의 시선을 무시했다. 그들이 할 수 있는 거라곤 기어가듯 느린 속도로 달리며, 배달차 뒤에 비좁게 앉아 있는 두 승객과 늙은 운전사를 향해 짜증 섞인 경적을 울리는 것뿐이었다. 나는 배낭에서 스케치북을 꺼내고 귀 뒤에 꽂은 연필을 빼서 재빨리 다이어그램을 그렸다. 사방으로 흔들리는 바람에 삐뚤빼뚤하게 그려졌지만, 그건 고맙다는 나만의 표현이었다.

그래서 어떻게 됐냐고? 여러분은 이 책에서 몇 가지 사실을 알게 될 거다. 그중 일부는 다음번에 여러분이 생방송 퀴즈쇼를 볼 때 가족을 놀라게 하는 데 써먹을 수도 있다. 예를 들면,

마틸다 무어의 흥미진진한 사실 #1

도버 항은 프랑스에 가장 가까운 영국 항구로,
거리는 약 34킬로미터밖에 되지 않는다.
켄트 주에 있는 도버 항은 세계에서 가장 바쁘게 움직이는 항구다.
매년 도버 항을 통해서
— 1,600만 명이 여행한다.
— 210만 대의 트럭이 이동한다.
— 280만 대의 자동차와 오토바이가 이동한다.
— 8만 6,000대의 버스가 이동한다.
— 1대의 우유 배달차가 이동한다.(올해만 딱 한 번.)
이것만 알고 있어도 사람들은 매우 똑똑한 사람이라며
여러분에게 감탄사를 쏟아낼 것이다!

스콰이어 씨가 우유 배달차를 항구 바로 옆 주차장으로 몰고 가는데, 마치 그 자리에 1,600만 명의 여행객이 모두 모인 듯한 느낌이었다. 도버 항은 프랑스로 건너가려는 차량과 트럭, 버스 승객

들로 북적였다. 차량들은 네 줄로 서서 항구 끝에 정박한 커다란 흰색 페리로 조금씩 움직였다. 노란 재킷을 입고 노란 헬멧을 쓴 남자가 계속해서 앞으로 오라고 손짓했다.

스콰이어 씨가 손을 들어 나를 내려줬다. 나는 바닥으로 뛰어내려서 할머니가 내리는 걸 도와드렸다.

"정말 좋은 신사 분이군요." 할머니가 말했다. "얼마나 큰 도움을 주셨는지 모릅니다."

하지만 스콰이어 씨는 아직도 충격에서 벗어나지 못한 얼굴이었다. 나는 스케치북에 그리고 있던 페이지를 찢어내 스콰이어 씨에게 내밀었다.

"몇 가지 생각난 게 있어요. 이렇게 하면 우유 배달차의 서스펜션이 덜컹거리는 게 좀 줄어들 거예요. 더 부드럽게 운전할 수 있으니까 우유병이 시끄럽게 부딪치는 소리도 덜 나겠죠."

스콰이어 씨가 놀란 얼굴로 나를 봤다. 마치 내가 에밀리 커민스라도 되는 것처럼.

"놀랍구나."

나는 어깨를 으쓱했다.

"그 정도는 아니에요. 그냥 물리 법칙인걸요."

스콰이어 씨가 고개를 한쪽으로 까딱하더니 종이를 다시 나한테 내밀었다.

"사인 좀 해주겠니? 언젠가 넌 유명인이 될 것 같구나."

나는 재빨리 종이에 사인을 휘갈겼다.

"태워주셔서 감사합니다."

"별것도 아닌걸."

할머니와 나는 스콰이어 씨가 우유 배달차에 올라타고 주차장 밖으로 빠져나가는 모습을 지켜봤다.

"참 좋은 분이에요."

이렇게 마음씨 좋은 분을 만나다니 우리는 참 운이 좋았다. 게다가 내가 유명한 발명가가 되리라고 칭찬까지 해주다니.

"그럼 이제 어쩌지?" 할머니가 물었다.

배에서 꼬르륵 소리가 났다. 아침 먹는 걸 깜빡했으니까. 나는 배낭에서 봉지를 꺼내 초록색 젤리를 할머니와 나눠 먹었다.

"페리 티켓을 살 돈은 충분한데 우리 둘 다 여권이 없는 게 문제죠. 할머니 건 만료됐고, 저는 한 번도 외국에 가본 적이 없으니."

나는 차량을 안내하는 노란 재킷의 승무원을 바라봤다.

"어쩌면 우릴 안타깝게 생각하는 가족이 있을지도 몰라요. 트렁크에 우릴 실어달라고 하면 어떨까요? 그냥 걸어갈 순 없잖아요."

할머니가 젤리를 베어 물며 얼굴을 찌푸렸다.

"그럴 수 있을 것 같지가 않구나. 요양원에서 나오는 것만 생각했지, 스웨덴에 어떻게 갈지는 전혀 생각을 못 했구나."

나는 턱을 톡톡 치며 주위를 둘러봤다. 뭔가 방법이 있겠지.

왼쪽에 정박한 페리로 이어지는 주차장이 있었다. 오른쪽에는 작은 정박지가 보였다. 개인 소유의 더 작은 배들이 있었다. 그 뒤 '도버 연례 수영대회'라고 쓰인 간판 아래 정박지에 많은 사람이 모여 있는 게 눈에 띄었다. 잠수복을 입고 물안경을 낀 사람들이 도버해협으로 헤엄칠 준비를 하고 있었다. 선수들을 응원해주러 모인 사람들은 이런 문구가 적힌 현수막을 들고 있었다.

엄마, 할 수 있어요!

프레드 존스가 암 연구를 위해 수영에 나선다!

"우리도 수영을 해보면 어떨까요?"

그렇게 묻긴 했지만 굳이 할머니를 쳐다보며 대답을 들을 필요는 없었다. 우리가 도버해협을 헤엄쳐 간다는 건 말도 안 되는 소리였다.

"잠깐만요, 할머니." 머릿속에 생각이 팍 떠올랐다. "개인이 소유한 배를 이용하는 거예요! 어서 가요!"

나는 할머니 손을 잡고 주차장을 가로질러 정박지로 갔다.

"우릴 프랑스로 데려다줄 사람이 분명 있을 거예요!"

정박지 안에는 다양한 크기의 배가 10여 척쯤 있었는데, 페리만큼 큰 것은 없었다. 우리를 안타깝게 생각하는 사람이 있어야 할 텐데.

우리는 첫 번째 배로 다가갔다.

"안녕하세요? 아무도 안 계세요?"

배에서는 아무런 인기척이 없었다.

그래서 다음 배로 다가갔는데, 내 발목 사이로 뭔가가 불쑥 튀어

나왔고 나는 몸을 가누기도 전에 넘어지고 말았다. 남은 젤리를 놓치는 바람에 선착장 여기저기에 흩어졌다.

곧이어 뛰쳐나온 뭔가가 젤리에 달려들어 한꺼번에 날름 먹어치웠다. 다시 일어서서 먼지를 털고 보니 뼈만 앙상하게 남은 채 털이 듬성듬성 난 지저분한 뭔가가 내 앞에 있었다.

작은 테리어종 강아지였다. 예전에는 밝은 갈색빛이었겠지만, 지금은 너무 더러운 데다 털이 엉겨 붙어 진흙 속에서 내내 뒹군 게 아닌가 싶었다.

"불쌍한 것." 할머니가 중얼거렸다.

"왜 불쌍해요? 절 넘어뜨리고 제 젤리도 다 먹어치웠잖아요!"

남은 젤리를 게걸스럽게 해치운 강아지가 슬픈 표정으로 나를 바라봤다. 나는 손을 내저으며 강아지를 쫓아냈다.

"훠이! 저리 가!"

나는 정박지에 묶인 다음 배로 향했다. 낡고 녹슨 배에는 선체에서 떨어져 나온 나뭇조각이 달려 있었다. 역시 사람은 없었다.

"제발 좀!" 나는 좌절감에 휩싸여 소리쳤다. "바다에 배를 띄우는 사람이 아무도 없는 거예요?"

아무도 없었다. 다른 배들에 다 가봤지만, 단 한 사람도 볼 수가 없었다. 말도 안 되는 상황이었다!

바로 그때, 우리 옆에 인기척이 느껴졌다. 내려다보니 아까 그 듬성듬성 털이 난 강아지가 졸래졸래 따라온 거였다. 나는 화가 나서 고함쳤다.

"먹을 건 더 없다고! 없어!"

강아지는 도통 말귀를 알아듣지 못했다. 내 바닥난 인내심은 아랑곳없이 계속 우리를 졸졸 따라다녔다. 먹을 것을 찾는 게 아니라면 친구라도 찾는 것일까. 강아지를 쫓아내려는데 우리 뒤에서 목소리가 들려왔다.

"도와드릴까요?"

'국경수비대'라는 문구가 선명히 적힌 노란 재킷을 입은 남자가 우리에게 다가왔다.

"길을 잃었니?"

"음." 나는 그럴싸한 변명을 찾느라고 머리를 바삐 굴렸다. "아뇨. 친구를 찾는 중이에요."

"그 친구가 이 배 중 하나를 가진 모양이구나."

남자가 정박지를 쭉 가리키며 물었다.

"네." 나는 열심히 고개를 끄덕였다.

"알았다. 이 근처에서 배 안을 모조리 훑어보고 다니는 소녀와 노부인에 대한 신고가 들어와서 말이야. 그게 혹시 너니? 행동이 좀 수상해 보여서."

"음. 맞아요. 하지만 어떤 배가 친구 배인지 잊어버려서 그런 것뿐인걸요."

"흠."

국경수비대원이 골똘히 생각하듯 내 얼굴을 자세히 살폈다. 그가 내 말을 믿지 않는다는 걸 알 수 있었다.

"좋아요. 솔직히 말씀드리죠. 저는 24시간 연속 근무 중입니다. 날은 춥고 비도 올 것 같네요. 저희는 항상 경찰을 대기시켜둡니다. 최근에 난민 사태도 있었고, 오늘은 도버해협을 가로질러 헤엄치는 자선행사 수영대회도 있어서 두 배로 바쁩니다. 그렇더라도 사람들이 정박지 근처에서 이유 없이 어슬렁거리게 둘 수는 없어서 말이죠. 제 말 이해하시죠?"

할머니와 나는 고개를 끄덕였다. 뒤에서 강아지가 짖어댔다.

"그러니까 이 배들 주인 중에 아는 사람이 있긴 있다는 거죠?" 남자가 피곤한 듯 물었다. "그리고 저 개 좀 그만 짖게 해주시겠습니까?"

어깨 너머로 보니 강아지가 작은 흰색 배 옆에서 왔다 갔다 하고 있었다. 정박지에 있는 마지막 배였는데, 아직 우리가 들어가보지 않은 곳이었다. 사람 둘이 갑판 위에서 빈둥거리는 게 보였다. 강아지가 털이 빠진 작은 꼬리를 앞뒤로 휙휙 움직였다. 마치 우리더러 따라오라고 말하는 것 같았다.

저기만이 우리의 유일한 희망이었다.

"아," 나는 배를 가리키며 말했다. "저기 있네요. 저 사람이 제… 삼촌이에요. 어쨌든 고맙습니다."

나는 할머니의 손을 잡고 국경수비대원 곁을 떠나 정박지의 마지막 배 쪽으로 조용히 걸어갔다.

"아직도 보고 있어요?"

내가 조용히 속삭이자 할머니가 뒤를 돌아봤다.

"보고 있구나. 평범하게 행동하렴."

평범하게? 이 모든 일에 평범한 건 아무것도 없었다.

배에 다가가니 갑판 위의 사람들이 한눈에 들어왔다. 희끗희끗한 머리의 50대 남자가 선착장에서 계류장 밧줄을 끌어당기고 있었다. 그는 짙은 감색 상의에 베이지색 바지를 입고 멋진 흰색 야구모자를 쓰고 있었다.

"조용히 해!"

선착장에서 계속 요란하게 짖어대는 강아지를 향해 남자가 고함쳤다.

마틸다 무어의 흥미진진한 사실 #2

개의 후각은 인간보다 천 배는 더 예민하다.

1.6킬로미터나 떨어진 곳의 음식 냄새를 맡는 게 당연하다.

몸에 착 붙는 빨간 드레스를 입은 금발의 여자는 도버 항의 작은 배보다는 지중해 유람선에 더 어울릴 듯한 차림새를 하고 있었다. 그녀는 막 요리한 베이컨이 담긴 접시를 들고 있었다.

"자기야, 쉿." 여자가 남자한테 말했다.

내가 잘 모르는 지역 악센트였다. 폴란드 출신인가? 아니면 러시아 출신?

"저 불쌍한 녀석은 배가 고파서 그런 걸 거야."

여자가 강아지를 향해 베이컨 접시를 흔들었다.

강아지가 접시를 보고 침을 흘리기 시작했다. 하루아침에 젤리와 베이컨을 다 먹다니, 견생 최고의 날인데!

화려하게 차려입은 여자가 선착장에 얇게 저민 베이컨을 던졌고, 강아지가 게걸스럽게 달려드는 걸 보고는 웃음을 터뜨렸다. 강아지는 여전히 배고픈 듯 더 달라고 애원하는 눈빛으로 위를 올려다봤다.

좋은 생각이 머릿속을 스쳤다. 잘만 하면 스콰이어 씨에게 도움을 받은 것처럼 이번에도 도움을 받을 수 있을 것 같았다.

"저기요!" 나는 배 가까이 가서 소리쳤다. "그거 제 강아지거든요!"

하지만 차마 강아지의 머리를 어루만지거나 듬성듬성 난 엉겨 붙은 털을 쓰다듬을 용기는 안 났다.

여자가 나를 위아래로 쓱 훑어보더니 비난하는 듯한 표정으로 바라봤다.

"엄청 배고파하는 것 같은데. 그리고 대체 목욕은 언제 시킨 거니?"

제1단계 활성화 시작.

"죄송해요." 나는 더듬거리며 말을 이었다. "그러니까… 먼 길을 와서 그래요. 호, 혹시 그 애가 베이컨을 조금만 더 먹을 수 있을까요? 너무 굶주려서요."

지난 20분간 내가 이 강아지에 관해 알게 된 게 있다면 음식 앞에서는 물불 안 가린다는 거였다.

여자가 완벽히 다듬은 눈썹을 치켜세웠지만, 곧 베이컨 접시를 강아지한테 치켜들었다. 강아지가 힘차게 뛰어 배 위로 올라가다가 여자와 거의 부딪칠 뻔했다. 여자가 갑판 위에서 휘청하더니 남자와 부딪치는 바람에 남자의 손에서 계류장 밧줄이 떨어졌다. 베이컨 접시가 공중으로 날아가 갑판 위에 철퍼덕! 하고 떨어졌다. 강아지는 상관없다는 듯 바닥에 떨어진 베이컨 조각을 익숙하게 집어 들었다.

나는 이 틈을 타서 배 위로 올라간 다음, 손을 내밀어 할머니를 끌어올렸다. 제1단계 완료!

저 멀리서 국경수비대원이 여전히 우리를 지켜보고 있었다. 나는 국경수비대원을 향해 손을 흔들어 보였다.

"그렇게 지켜보실 거 없어요! 전혀 문제없어요!"

"지금 대체 뭐 하는 거니?" 여자가 말했다.

나는 대답 대신 강아지를 쫓아 이리저리 돌아다니는 척했다.

그때 선장 모자로 고쳐 쓴 남자가 계류장 밧줄을 감아올리고는 고함을 치며 우리 뒤를 가리켰다.

"국경수비대야!"

그러고는 배 앞쪽으로 서둘러 가서 버튼을 누르고 레버를 밀어붙였다.

나는 "걱정 마세요. 저 사람은 우릴 지켜보는 거예요." 하고 말해주려 했지만, 할머니가 내 팔을 잡으며 막아섰다.

"그러지 않는 게 좋겠다." 할머니가 속삭였다. "저 사람들은 국경수비대가 자기들을 쫓는다고 생각하는 거야."

선장 모자를 쓴 남자가 미친 듯이 조타 핸들을 돌리며 어깨 너머로 여자에게 고함쳤다.

"밧줄을 잡아! 밧줄!"

"나 지금 하이힐 신고 있잖아!" 여자가 투덜댔다. "이런 거 하려고 차려입은 게 아니라고!"

그렇지만 여자는 바로 배 뒤쪽으로 휘청이며 가더니 엄청난 힘으로 닻이 붙어 있는 밧줄을 끌어올렸다.

배가 앞쪽으로 기울었다. 강아지는 여전히 즐겁게 바닥에 떨어진 베이컨을 뜯어먹느라 주변에서 일어나는 일에 아무 관심이 없었다.

"빨리!" 여자가 소리쳤다. "아직 보고 있어! 내가 허가증 갱신하라고 그랬지!"

할머니와 나는 서로 바라봤다. 우리는 범법자의 배에 몰래 탄 것이었다!

"이거 정말 끝내주게 흥미진진하구나." 할머니가 빙그레 웃으며 속삭였다.

선장이 미친 듯이 핸들을 돌리며 정박지 밖에 서 있는 다른 배들을 피해 배를 몰았다.

"조심해요!" 내가 소리쳤다. 선장이 보지 못한 뭔가를 발견했기 때문이다.

선착장에서 출발한 페리의 경로로 곧장 들어가는 중이었다. 흰색 페리는 우리가 타고 있는 낡고 녹슨 배보다 100배 정도 컸다.

빠아아아앙!

우리를 향해 다가오는 페리에서 경고하는 듯한 경적이 터져 나왔다. 몇 미터만 더 가면 페리와 충돌할 것 같았다.

"꽉 붙잡아!" 선장이 소리쳤다.

페리가 버터를 자르는 칼처럼 물살을 가르며 다가왔다. 이대로라면 우리 배를 산산조각 낼 게 분명했다. 비운의 타이태닉 호를 떠올리니 지금 상황이 어떻게 흘러갈지 알 것 같았다.

나는 할머니 손을 꼭 쥐었다. 할머니는 눈을 질끈 감고 있었다. 이제 세상은 스모크 행성에 이름을 잘못 붙였다는 사실을 절대 알 수 없을 것이다. 조스 할머니가 정말 얼마나 똑똑한 사람인지 알 수 없을 것이다. 핸디-핸디-핸드가 전 세계 32개 이상의 나라에서 팔리는 것도 못 보게 될 것이다.

바로 그 순간 선장이 온 힘을 다해 핸들을 왼쪽 끝까지 돌렸다. 배가 엄청나게 요동치더니 홱 방향을 틀어 페리를 비껴갔다.

"와후우우우!" 선장이 허공에 주먹질을 해댔다. "내가 봐도 정말 엄청난 조종 실력이군!"

할머니가 이마에서 땀을 닦아내고 숨을 헐떡이며 말했다. "눈앞에서 인생이 주마등처럼 스쳐 가더구나."

우리는 몸을 후들후들 떨면서 일어섰다. 간발의 차이로 살아난 것이다.

"그래도 살아남긴 했네요." 나는 할머니한테 웃으며 말했다. "이제 프랑스로 가는 거예요!"

이 얼마나 멋진 일인가.

화려하게 차려입은 여자가 남편과 함께 핸들을 잡고 이런 위험을 불러일으킨 두 밀항자를 노려봤다.

"말하는 게 좋을 거야." 여자가 얼굴에 웃음기가 싹 가신 채로 말했다.

나는 침을 꿀꺽 삼켰다. 어떻게 하면 이 상황을 벗어날 수 있을 것인가?

12

아빠는 바보가 아니야

글래디스 부인은 아빠가 와서 조스 할머니인지 확인하기 전까지 캔터베리 요양원의 정원 벤치에 꼬박 30분쯤 앉아 있었다. 그녀는 살을 에는 12월의 찬바람을 맞으며 이를 딱딱 부딪쳤다. 두 손을 비비며 조금이라도 따뜻하게 하려고 애썼다. 그러던 중 요양원 층계참에서 "만세!" 소리가 우렁차게 터져 나오는 것을 듣고 우리의 탈출 계획이 결국 성공했음을 알게 되었다.

글래디스 부인이 따뜻한 차 한 잔을 떠올릴 때쯤, 등 뒤에서 우리 아빠 목소리가 들려왔다.

"어머니? 안으로 들어오시지 그래요? 우리 얘기 좀 해요!"

글래디스 부인은 생각했다. 나이가 쉰 살만 됐더라도 얼른 달아날 수 있었을 텐데.

"어머니?" 아빠가 다소 미심쩍어하는 목소리로 물었다. 조스 할머니처럼 보이지 않았기 때문이다.

그녀는 고개를 돌려 아빠를 바라봤다.

"그래요, 젊은이. 여긴 쌀쌀하죠?"

아빠가 입을 딱 벌렸다.

"죄, 죄송합니다. 저는 다른 사람인 줄… 저희 어머니 못 보셨나요? 조스 무어 씨요."

그녀는 최선을 다해 아무것도 모른다는 표정을 지어 보였다.

"모르겠는데요. 그런 사람은 모르겠어요." 그녀는 목소리가 목에 걸린 듯 잘 나오지 않았다. 갑자기 긴장되었다. "아니, 본 적 없어요. 잘 모르겠네요."

아빠는 그녀를 보며 눈을 찌푸렸다. 그녀의 몸에 안 맞는 빨간색 외투가 눈에 띄었다. 뭔가 수상한 냄새가 났다.

"믿을 수가 없군요!"

아빠는 즉시 요양원 안으로 쏜살같이 들어가 조스 할머니의 방으로 향했다. 당연히 방은 텅 비어 있었다. 할머니의 외투도 사라졌고 핸드백도 없었다.

아빠는 바지 주머니에서 휴대폰을 꺼내 집으로 전화를 걸었다. 네 번째 벨이 울려서야 엄마가 전화를 받았다.

"마틸다는 어디 있지?"

"뭐라고요?" 엄마가 잠에서 덜 깬 듯 하품하며 대답했다.

"얼른 마틸다 방을 확인해봐요."

엄마가 한숨을 내쉬었다.

"기다려봐요."

아빠는 할머니 방 안을 이리저리 왔다 갔다 하며 엄마가 내 방이 확실히 비었는지 확인해줄 때까지 기다렸다.

"마틸다는 여기 없네요." 잠시 후 엄마가 숨 가쁘게 말했다. "얘가 어디 간 거지?"

아빠는 후 하고 한숨을 쉬었다.

"어머니와 함께 있겠지. 내 생각이 맞다면 어디로 가는지 알 것 같아. 당신을 데리러 갈 테니 같이 찾아봅시다."

"좋아요." 엄마가 침착해지려 애쓰며 말했다. "계속 마틸다한테 전화를 걸어볼게요."

"그리 걱정할 건 없어." 아빠 역시 흥분을 가라앉히며 말했다. "멀리는 못 갔을 거야."

아빠는 생각했다. 열두 살 난 딸과 여든 살 어머니가 돈도, 여권도, 교통수단도 없이 가봤자 얼마나 갔겠어?

그런데 이를 어쩌나. 그건 엄청난 착각이었다.

13

올가 할머니의 비밀 레시피

마틸다 무어의 흥미진진한 사실 #3

번개가 한 번 번쩍할 때마다 토스트 10만 개를

요리하는 데 충분한 에너지가 나온다.

화려한 차림의 여자가 노려볼 때의 눈빛은 그보다 훨씬 강력하다.

먹구름이 머리 위에서 우르릉 소리를 냈다. 여자가 아주 차가운 얼굴로 나를 노려봤다.

"말하는 게 좋을 거야, 꼬마야."

나는 주위를 둘러보라는 듯 손을 흔들어댔다.

"우린 지금 도버해협 한가운데에 있어요. 설마 바닷속에 우릴 던져버릴 생각은 아니겠죠?"

여자가 눈살을 찌푸렸다.

"글쎄, 잘 모르겠네."

나는 파도를 바라봤다. 배가 지나면서 일어난 거품이 길게 흔적을 남겼다. 나는 침을 꿀꺽 삼켰다. 바닷바람이 폐를 가득 채웠다. 그리고 뭔가 이상한 냄새가 났다. 뭔가 타는 냄새인가?

"우린 문제를 일으키고 싶지 않아요." 조스 할머니가 말했다. "우린 프랑스를 거쳐 스웨덴에 가고 싶을 뿐이랍니다."

"당신들이 억지로 우리 배에 올라타는 바람에 페리와 충돌할 뻔했잖아요. 경찰서에 가지 말아야 할 이유가 뭐죠?" 여자가 말했다.

머릿속에 생각이 떠올랐다.

"보니까 국경수비대원한테서 멀어지려고 굉장히 애쓰시는 것 같던데요." 나는 팔짱을 끼고 따져 물었다. "왜죠?"

"음, 그건," 갑자기 얼굴이 빨개진 여자가 고함치듯 말했다. "그건 좀 다른 경우야."

내가 "어떻게 다른데요?" 하고 말하려는 순간, 갑자기 펑! 하는 소리가 배 뒤에서 크게 울렸다.

"안 돼! 안 돼, 안 돼, 안 돼, 안 돼, 안 돼!" 선장이 소리 질렀다.

선장이 갑판을 급히 가로질러 지나가는 바람에, 그의 아내와 할머니와 나는 배 밖으로 튕겨 나갈 뻔했다.

"스베틀란카! 핸들을 잡아!"

화려한 차림의 여자, 그러니까 스베틀란카가 절망적이라는 듯 팔을 들더니 휘청이며 조타 핸들을 잡았다.

선장을 따라가서 보니, 회색 연기가 배 뒤쪽에 고정된 작은 검은색 엔진에서 피어오르고 있었다.

"정박지에서 너무 급작스럽게 운전해 나오는 동안 뭔가가 파열된 게 틀림없어." 선장이 신음하듯 말했다. "난 이런 일은 젬병인데."

나는 등에서 배낭을 끌어내 스크루 드라이버와 스패너, 펜치를 꺼냈다.

"제가 좀 볼게요."

나는 바로 뒷자리로 기어 올라가 엔진을 살펴봤다.

선장이 비웃었다. "네가 저걸 고친다고? 다시 돌아가야 할 것 같은데."

뭐, 걸어갈 수 있다면 해보시든지!

"혼자 최단 시간 세계 일주 기록에 도전한 지 15일째 되던 날, 엘렌 맥아더의 주 발전기가 고장 났어요. 맥아더는 손전등 불빛에 의지해 고쳐야 했죠. 캄캄한 한밤중에, 그것도 영하의 날씨에 말이에요. 배는 시속 60노트로 남아공의 희망봉 주변을 돌고 있었죠. 이런 작은 엔진은 저도 고칠 수 있을 것 같아요."

나는 상자를 찔러보고 엔진이 얼마나 뜨거운지 확인한 후 배터리와 점화 플러그를 확인했다. 자동차 내부와 그리 다르지 않았는데, 여덟 살 때 이런 종류의 엔진에 손을 대본 적이 있었다. 아빠는 당연히 몰랐다.

"냉각수 펌프의 날개 하나가 고장 났네요. 금방 고쳐요. 펜 좀."

선장이 충격과 놀라움이 뒤섞인 표정으로 나를 봤다.

"제 가방에 있어요."

선장이 약간 움찔하더니 내 배낭을 뒤져서 핸디-핸디-핸드와 검은색 볼펜을 같이 꺼냈다. 나는 그가 건네준 펜을 엔진 안에 끼워 넣었다.

냉각수 펌프의 고장 난 부품과 모양 및 크기가 같아서 내 예상대로 엔진이 즉시 식기 시작했다.

"짜잔!"

"대체 어떻게, 네가…." 선장이 더듬거리며 말했다.

나는 빙긋 웃었다.

"대체 이게 어떻게 된 거지?"

"저는 발명가예요." 나는 핸디-핸디-핸드를 가리키며 말했다. "이걸 국제 특허 받으려고 저축하는 중이죠. 그런데 그게 다가 아니에요. 우린 할머니의 과학 업적을 가로챈 남자를 막으러 길을 떠난 거예요. 그 남자가 할머니 대신 노벨상을 받을 예정이거든요."

선장과 스베틀란카가 마치 미친 사람을 보기라도 하듯 나를 봤다. 그들이 놀라서 마음에 동요가 일어나는 게 눈에 다 보일 정도였다.

잠시 후, 선장이 손을 내밀었다.

"덕."

"네? 덕이라뇨?"

선장의 얼굴이 빨개졌다.

"아니, 그게 아니라," 그가 억지웃음을 지었다. "내 이름이야. 크리스 P. 덕이 내 이름이란다."

"잠깐만요." 나는 킬킬대고 싶은 마음을 억누르며 말했다. "이름이 크리스 P. 덕이라고요? 크리스피 덕?"(크리스피 덕은 '바삭바삭한 오리'라는 뜻:옮긴이)

세상에, 토머스 토머스 부모님보다 더 멍청한 사람들이 있단 말이야?

"그 말은 꺼내지 않았으면 좋겠다." 크리스가 중얼거렸다. "이쪽은 내 아내 스베틀란카야."

스베틀란카가 눈을 굴렸다.

"난 이 사람 이름이 싫어." 그녀가 격한 어조로 말했다. "난 스베틀란카 덕으로 불리고 싶지 않거든."

"아까 국경수비대랑 있었던 일은 미안하구나." 크리스가 말했다. "그건 그러니까, 엄밀히 따지자면 도버 정박지에 배를 대기 위한 계류 허가증이 없어서."

"후훗." 스베틀란카가 피식 웃었다. "이분들은 그 얘긴 듣고 싶지 않을 거야. 자, 여기 앉으시죠."

우리가 배 옆쪽에 설치된 좌석에 앉아 편히 쉬는 동안, 스베틀란카는 아이스박스에서 각종 음료와 과자, 비스킷, 샌드위치를 꺼내 줬다. 강아지가 그걸 보고 기뻐 날뛰며 짖어댔다. 우리는 강아지가 있다는 것도 까맣게 잊고 있었다.

할머니가 스모크 교수 및 이름을 잘못 붙인 행성에 관해 얘기하는 동안, 스베틀란카는 우리를 즐겁게 해주려고 계속해서 맛있는 음식을 내왔다.

"운 나쁜 과학자시네요." 할머니가 이야기를 끝맺자 스베틀란카가 위로를 건넸다. "이미 먼 길을 떠나오긴 했지만, 아직도 갈 길이 멀군요. 여기, 이것부터 드세요."

그러고는 오렌지 조각들을 흩뿌린, 신기하게 생긴 갈색 케이크를 건넸다.

할머니가 먼저 큰 조각을 베어 물었다. "음." 빵 부스러기가 여기저기에 떨어졌다. "이렇게 맛있는 건 처음 먹어봐요."

"저희 할머니의 비밀 레시피로 만들었어요." 스베틀란카가 설명했다. "이제 이 세상에서 이걸 만들 줄 아는 사람은 저밖에 없죠."

갑자기 그녀의 눈에 눈물이 고였다.

"괜찮아요?" 할머니가 물었다.

"올가 할머니는 오래전에 돌아가셨어요." 거의 속삭이듯 그녀의 목소리가 잦아들었다. "하지만 할머니의 레시피는 엄마한테 전해졌고, 그다음 저희한테 왔죠. 저랑 언니한테요." 그녀가 훌쩍였다. "저희 자매는 20년 전에 떨어져 살게 됐고요."

"오, 저런." 할머니가 중얼거렸다.

스베틀란카는 긴 다리를 꼬아 배 옆에 기댔다.

"저는 본래 동유럽 코소보 출신이에요. 부모님은 제가 열 살 때, 언니가 열두 살 때 이혼하셨죠. 엄마는 저를 영국으로 데려가 새로운 삶을 시작하셨고, 아버지는 언니를 유럽으로 데리고 갔어요. 몇 년간 우린 연락을 못 했어요. 언니한테 무슨 일이 있었는지 알아내려 했지만, 매번 막다른 골목에 부딪혔죠. 발견되지 않길 바라기라도 하는 것 같았어요."

"끔찍해요!"

그녀가 그동안 얼마나 슬펐을지 상상조차 할 수 없었다. 나는 손을 내밀었다.

그녀가 내 손을 잡고 꼭 쥐었다.

"고맙다."

참 다정한 순간이었지만, 사실 엄청 어색했다. 나는 케이크 조각에 손을 뻗은 거였으니까.

"어, 먹어봐도 될까요?"

내가 턱으로 케이크를 가리키자 그녀는 웃으며 큰 조각을 덜어줬다.

그런데 입에 케이크 조각을 넣기도 전, 바다 위 어딘가에서 누군가 외치는 소리가 들렸다.

"도와주세요!"

우리는 모두 배 옆쪽을 들여다봤다.

다소 큰 몸집에 배가 불룩한 남자가 세로로 선 자세로 미친 듯이 헤엄치고 있었다. 그는 분홍색 수영모자 위에 물안경을 삐딱하게 쓰고 있었다.

"폐를 끼쳐 죄송합니다." 남자가 헐떡이며 말했다. "죄송한데, 보시다시피 너무 절박해서요. 제발 좀 도와주세요."

그렇게나 숨 가쁜 와중에 남자가 너무 많은 단어를 말한다는 생각이 들었다. 단순히 그냥 "저 좀 건져주세요." 하면 될 텐데.

"댁은 또 뭐요?" 크리스가 씩씩거렸다. 나와 할머니에 성가신 강아지까지 자기 배에 몰래 탄 것만도 짜증나 죽겠는데 또 이런 일이 생겼기 때문이다.

"저 사람 얼굴이 창백해지고 있어요." 내가 말했다.

우리는 남자의 팔을 잡고 있는 힘껏 위로 들어 올렸다. 소설 〈모비딕〉에서 에이해브 선장이 모비딕을 들어 올리려 애쓰던 모습 같다고 할까. 마치 고래를 들어 올리는 것처럼 우리에겐 정말 힘겨운 일이었다.

세 번의 시도 끝에 마침내 남자를 배 위로 끌어 올렸다. 그는 그대로 갑판 위에 뻗어버렸다. 우연히 물 밖으로 나온 것을 알게 된, 해변에 쓸려 온 고래 같았다.

"여기가 피커딜리 광장이라도 되는 모양이군그래." 크리스가 화난 듯 씩씩거렸다. "요금을 물려야 할 판이야."

나는 남자를 부축해 자리에 기대앉아 쉴 수 있게 해줬다. 할머니는 스베틀란카의 가방에서 담요를 꺼내 남자의 어깨에 둘러줬다. 몇 분이 지나자 남자의 뺨에 다시 생기가 돌았다. 남자가 큰 소리로 킁킁대더니 "지금 베이컨 냄새가 나는 거 맞죠?" 하고 물었다.

이제 남은 베이컨과 사탕, 초콜릿, 비스킷을 모두 먹어치운 강아지는 행복한 듯 꼬리를 흔들고 있었다.

"뭔가 먹을 수 있을 만큼 회복됐으면, 무슨 빌어먹을 속셈인지도 말할 수 있을 만큼 회복됐단 소리겠지." 크리스가 말했다.

남자가 손을 내밀었다.

"저는 미키라고 합니다. 자선행사 차원에서 도버해협을 헤엄치고 있어요. 다들 무슨 생각이신지 압니다. 여러분 생각이 맞아요. 저는 정확히 훈련이란 걸 한 적이 없습니다. 그렇지만 중요한 건 생각이죠."

할머니가 그의 팔을 토닥거렸다.

"그렇고말고요. 시도한 것만으로도 잘한 일이지."

미키가 가슴을 폈다.

"전 우승할 생각이에요. 제일 처음으로 들어온 사람한테 메달과 상을 주거든요."

나는 미키 너머로 몸을 숙이고 배 옆쪽을 들여다봤다. 멀리서 수많은 사람의 머리가 물속에 들어갔다 나왔다 하는 모습이 보였다. 꽤 먼 거리였는데, 시간이 지날수록 배와 사람들 사이의 거리가 더 멀어지고 있었다.

"여러분은 저를 칼레에 도착하기 조금 전에 내려주시기만 하면 됩니다. 그럼 제가 그 거리를 다 헤엄쳐 온 것처럼 보일 거예요."

미키가 활짝 웃었다.

"하지만 그건 속임수잖아요!"

내가 소리치자 미키가 어깨를 으쓱했다.

"다들 그러는걸요."

이 사람을 다시 바닷속에 빠뜨려야 하나? 나는 우리 뒤에서 수면 아래로 머리가 들어갔다 나왔다 하는 사람들을 가리켰다.

"아무도 안 그러고 있거든요! 다들 헤엄치고 있잖아요! 저랑 할머니가 이 여행을 하는 것도 정의를 실현하기 위해서예요. 다 어떤 상을 속임수를 써서 받는 사람 때문이죠."

미키가 담요 속으로 몸을 웅크리고 스베틀란카가 보온병에 담긴 차를 모두에게 한 잔씩 따라주고 커스터드 크림 비스킷이 담긴 접시를 돌리자, 나는 다시 한 번 우리가 왜 스웨덴으로 가는지에 대해 떠들기 시작했다.

미키의 눈이 휘둥그레졌다. 미키는 스모크 교수며 행성이며 노벨상 시상식 등 모든 얘기를 진지하게 들었다. 내가 토머스 토머스에 관해 말할 때는 비스킷을 먹다 사레가 들리기도 했다.

"그래요, 그럼." 내가 말을 마치자 미키가 햇빛에 눈이 부신 듯 눈을 깜빡이더니 입 주변의 과자 부스러기를 털어냈다. "그럼 요것만 먹고 다시 물에 들어갈게요." 그가 웃으며 덧붙였다. "숙녀 분들이 저한테 영감을 주시네요. 그렇지만 배가 꽉 찬 상태로 헤엄칠 순 없잖아요."

모두가 그 말에 웃었다. 밝은 분위기가 배 위에 퍼졌다. 크리스의 불쾌한 기분까지 풀어질 정도였다.

"근데 저 강아지는 이름이 뭐예요?" 미키가 물었다.

강아지는 꼬리를 흔들며 느긋하게 일광욕을 하고 있었다.

"아," 할머니가 말했다. "아직 이름을 생각해보지 못했네요."

"태그." 거의 즉각적으로 내가 대답했다. 그 이름이 그냥 머릿속에 떠올랐다. "태그처럼 따라붙는다고 할 때의 그 태그요. 온종일 따라다니기만 했거든요."

"그럼 네 강아지가 아니라는 거야?" 크리스가 눈살을 찌푸리며 물었다.

"으음, 지금은 제 강아지죠."

나는 강아지를 품에 안아 올리고 이마에 뽀뽀했다. 그러고는 즉시 강아지를 내려놓고 배 한쪽에 기대 짭짤한 파도의 물거품을 입안에 머금었다. 내 입술에 남은 진흙투성이의 개털 맛을 헹궈내고 싶었기 때문이다. 스베틀란카 말이 맞았다. 이 녀석은 확실히 목욕이 필요했다.

자리에서 일어나자 내 눈에 뭔가가 들어왔다. 나는 앞을 똑바로 가리키며 소리쳤다.

"육지예요!"

거대한 녹색 띠가 수평선을 따라 쭉 뻗어 있었다. 눈을 가늘게 뜨고 보니 항구에 정박 중인 배들이 보였다. 그중에는 거대한 페리도 있었다. 항구 주변을 분주하게 돌아다니는 사람들은 작은 점처럼 보였다.

"거의 다 왔어요!"

미키가 팔다리를 스트레칭하기 시작했다.

"그렇군요. 이제 해봐야겠어요! 다른 사람들과 합류할 수 있게 약간 돌아가서 절 좀 내려주시겠어요?"

그러고는 다시 물안경을 쓰고 얼굴에 맞게 조였다.

"태워주셔서 감사합니다." 모두와 악수를 나누며 미키가 할머니와 나한테 말했다. "꼭 스웨덴에 가실 수 있으면 좋겠어요."

나도 그랬으면 좋겠어요. 나는 마음속으로 조용히 대답했다. 나도요.

"행운을 빌어요, 미키!"

모두의 응원을 뒤로하고, 마침내 미키가 엄청나게 큰 풍덩! 소리를 내며 물속에 뛰어들었다. 잠깐 캑캑거리며 허우적대던 그는 곧 페이스를 찾고 천천히 해안을 향해 개헤엄을 치기 시작했다.

미키는 곧 경주에 나선 다른 참가자들에게 추월당했다.

솔직히 미키가 우승할 가능성은 전혀 없었다. 하지만 나는 크게 소리쳤다.

"계속 가요, 미키! 참가하는 것 자체가 중요한 거예요!"

배가 빠르게 멀어지면서 미키가 위아래로 움직이는 미미한 점처럼 보였다.

"어쨌든, 미키는 좋은 사람 같아요."

그렇게 말하고 나니 더 기분이 좋아졌다. 새로운 친구를 사귀고 속임수를 쓰려던 사람에게 영감을 줘서 행동을 변화시키다니, 정말 멋진 아침을 보낸 것 같았다.

육지에 가까워지자 휴대폰 신호가 잡히면서 전화벨이 울렸다. 휴대폰을 꺼내 보니 엄마와 아빠한테서 14통의 부재중 전화가 와 있었다. 그리고 문자도. 아주 많이 와 있었다.

아빠 : 학교에 없더구나. 도버 항으로 가는 중이다. 몸 조심하거라 ♡♡

아빠 : 지금 도버 항 주차장에 들어왔다. 어디니?

엄마 : 게임 좀 그만해. 전화하고. 많이 걱정하고 있단다 ♡♡

아빠 : 마틸다, 경고하는데 지금 어디니? ♡

엄마 : 이러지 말고, 마틸다. 우린 화 안 났어 ♡♡

아빠 : 아빠 화났다

첼시 : 수학 숙제 했어? 4번 문제 답이 뭐야?

"엄마 아빠한테 전화해야 할 것 같구나, 마틸다." 할머니가 말했다. "잘 지내고 있다고 알려주자꾸나."

나는 침을 꿀꺽 삼켰다. 이제 프랑스까지 왔는데 다시 집에 갈 수는 없었다. 나는 재빨리 부모님께 보낼 문자를 입력했다.

칼레에 있어요. 할머니랑 저는 잘 지내요. 곧 돌아갈게요. 아마도요. 강아지도 한 마리 생겼어요 ♡

부모님이 굉장히 화를 낼 게 분명했다. 노발대발해서 "너 정말 가만두지 않겠어!", "강아지는 또 뭔 소리야?" 같은 말을 쏟아낼 게 분명했다. 하지만 그건 집에 갈 때나 걱정하기로 했다.

"그거면 됐다." 할머니가 고개를 끄덕였다. "우리가 살아 있다는 걸 알면 된 거지."

항구에 도착하자 스베틀란카가 배 안을 말끔히 정리하기 시작했다. 나는 할머니의 사진판이 손상되지 않게 조심하면서 배낭 속에 핸디-핸디-핸드를 쑤셔 넣었다.

그사이 크리스는 배를 능숙하게 운전해 칼레 선착장에 도착했다. 이번에는 페리의 경로를 완전히 피해서 갔다. 그는 엔진을 끄고 닻을 물속에 내린 뒤 할머니와 내 쪽으로 돌아섰다.

"여기서부터 괜찮으시겠어요?"

할머니가 고개를 끄덕였다.

"그럼요. 우린 스톡홀름 행 기차를 탈 겁니다. 걱정하지 말아요."

그가 우리를 잠시 살펴보더니 감색 상의 안을 뒤졌다. 거기서 돈 뭉치를 꺼내 휘휘 세어보더니 할머니에게 내밀었다.

"아니, 괜찮아요!" 할머니가 손사래를 쳤다. "이건 받을 수 없어요."

하지만 그의 표정은 단호했다.

"할머니, 유럽 대륙에선 이 유로화가 필요해요. 돈 없인 멀리 못 가요."

그러고는 나를 향해 밝게 웃었다.

"엔진 수리비라고 생각해. 네가 절대 못 고칠 줄 알았는데, 미안하다. 정말 대단한 실력이야."

나는 그에게 다가가 꼭 안아줬고, 그는 기분 좋게 내 등을 토닥여줬다.

스베틀란카는 랩으로 싼 큰 케이크 조각을 내 손에 쥐여줬다.

"여행에 필요할 거야."

안 받을 수가 없었다. 나는 더플코트 주머니에 케이크를 넣고 배에서 선착장으로 뛰어내린 후 할머니가 내리도록 도왔다. 태그도 배에서 훌쩍 뛰어내려 우리 옆으로 왔다. 다시 땅에 발을 딛는 느낌이 좋았다.

"그동안 감사했습니다!"

크리스와 스베틀란카 부부는 점차 선착장에서 멀어져 가는 우리를 향해 계속 손을 흔들어줬다.

칼레 항은 몹시 북적였다. 태그는 늘 그렇듯 우리 옆을 졸래졸래 따라왔다. 태그가 있어서 다행이라는 생각이 들었다. 알게 된 지 몇 시간밖에 안 됐지만, 이 낯선 나라에 도착해 어디로 가야 할지도 모르는 상황에서 태그는 큰 위안을 주는 친구였다.

14

기차역은 어딘가요?

스톡홀름까지 1,723킬로미터

조스 할머니와 나는 태그와 함께 북적이는 칼레 항을 정처 없이 돌아다녔다. 여기에도 국경수비대가 있었다. 그러나 국경수비대는 몰려드는 인파가 영국으로 돌아가는 페리를 타려고 줄 서 있는 화물차에 접근하지 못하게 하는 데만 골몰하는 것 같았다. 우리는 평범한 관광객처럼 지나갈 수 있었다. 그리고 아무도 여권을 요구하지 않았다!

우리는 페리 선착장에서 나와 자동차와 밴, 버스가 시끄럽게 지나다니는 고속도로를 따라 걸어갔다. 할머니가 항구 맨 끝의 택시 승차장을 가리켰다.

"저거면 되겠구나!"

나는 할머니의 손을 잡고 택시가 있는 쪽으로 갔다. 승차장에 있는 택시는 딱 한 대뿐이었다. 굽은 어깨에 기분이 언짢아 보이는 늙은 남자가 발을 질질 끌며 택시에서 내리더니 뒷좌석 문을 열어 주고 "어디요?" 하고 물었다. 프랑스어로.

"어—" 나는 말을 더듬거렸다. 학교에서 한 학기 동안 프랑스어를 배운 게 전부니까. 지금까지 이름과 나이를 말하는 법, 그리고 런던 외곽의 작은 마을에 산다는 표현 정도를 배웠다.

"Je m'appelle Matilda(제 이름은 마틸다입니다). J'ai douze ans(저는 열두 살입니다). J'habite dans un petit village près de Londres(저는 런던 가까이에 있는 작은 마을에 살아요)."

택시 기사가 나를 호기심 어린 눈초리로 바라봤다. 머릿속에 생각이 하나 떠올랐다. 나는 크리스 P. 덕이 우리에게 준 유로화를 택시 기사에게 건넸다. 그가 환히 웃었다. 돈이면 어떤 언어든 다 통하는 것 같았다.

할머니와 나는 택시 뒷좌석으로 들어갔다. 내가 운동화 옆 빈자리에 배낭을 던져놓자 태그가 내 무릎 위로 펄쩍 뛰어 올라왔다.

나는 팔을 흔들어대며 칙칙폭폭 소리를 냈다. "기차?" 나는 영국인들이 해외로 휴가 가서 현지인에게 설명할 때처럼 낮고 큰 목소리로 말했다. "기차?" 머리를 쥐어짜며 기차에 해당하는 프랑스어 단어를 찾으려고 애썼다.

할머니도 생각에 잠겼다. 할머니는 프랑스어에 관해 아는 게 없었지만, 80년간의 기억을 더듬어 낯선 단어를 끄집어냈다.

"Mare? Sur mer?"

택시 기사의 눈이 반짝였다. “Criel-sur-Mer?” 그가 기차의 움직임을 흉내 내는 할머니와 나를 번갈아 보며 물었다.

“내가 기차역을 맞게 발음한 것 같구나.” 할머니가 환히 웃으며 말했다.

“Si! Si!”

안타깝게도 Si는 ‘네’에 해당하는 스페인어지만, 다행히 택시 기사가 알아듣고 차 시동을 걸었다.

택시가 도로를 질주하기 시작했다. 앞좌석에 달린 작은 크리스마스트리 모양의 방향제가 좌우로 흔들렸다.

여권도 없이 무사히 여기까지 왔다고 생각하니 안도감이 밀려왔다. 이제 조금만 더 가면 스웨덴으로 가는 기차를 탈 수 있다. 그리고 조금만 더 가면 스톡홀름에 도착해 스모크 교수의 그 거만한 얼굴에서 웃음을 거둬버릴 수 있겠지.

15

여기가 대체 어디지?

나는 잠자코 창밖 풍경을 구경했다. 긴장과 흥분, 커스터드 크림 비스킷으로 속이 뒤죽박죽이었다. 조스 할머니는 눈을 감고 얕은 잠에 빠져 있었다.

조금 시간이 지나서야 시골길로 접어들었다는 걸 깨달았다. 빌딩과 고속도로, 자동차가 보이지 않았다. 기차역이 이렇게 한적한… 풀숲 한가운데에 있을 리는 없었다.

내 질문에 답하기라도 하듯 택시 기사가 속도를 늦추더니 길가에 차를 댔다.

"Ici(여기요)."

"이게 기차역이라고요?"

나는 할머니를 깨웠다.

"도착한 거니?" 할머니가 눈을 비비며 물었다.

택시 기사가 멀리 있는 뭔가를 가리켰다.

"Ici."

나는 다소 어리둥절한 상태로 배낭을 집어 들고 할머니, 태그와 함께 택시에서 내렸다. 택시가 앞으로 갔다 뒤로 갔다 하더니 다시 앞으로 끼익 소리를 내며 달려 나갔다.

할머니 얼굴을 보니 많이 피곤한 것 같았다. 이렇게 멀리까지 오느라 지친 것 같았다. 아빠 말대로 할머니에겐 너무 무리였던 걸까?

"괜찮으세요?"

할머니가 프랑스 시골의 공기를 깊게 들이쉬었다. 다시 숨을 내쉬면서 할머니의 얼굴에 만족스러운 기색이 피어났다.

"기분 최고인걸."

그 정도면 됐다.

그런데 이제 어디로 간담? 내 휴대폰은 구닥다리라서 지도를 찾아볼 수도 없는 상황이었다.

결국 우리는 택시가 간 방향으로 걸어갔다. 태그는 땅에 떨어진 먹이가 있을까 싶어 코를 킁킁대며 우리 뒤를 따라왔다.

걷다 보니 저 멀리 눈앞에 표지판이 보였다. 아까 택시 기사가 가리킨 곳이었다. 나는 눈을 가늘게 뜨고 그 위에 뭐라고 쓰여 있는지 봤다.

"크리엘 쉬르 메르. 인구 260명."

내가 소리 내서 읽자 할머니가 이마를 짚더니 갑자기 뭔가를 기억해냈다.

“La gare!” 할머니가 외쳤다. “그게 바로 역을 가리키는 단어였어! Où est la gare(역이 어디입니까)?”

심장이 쿵 내려앉는 것 같았다.

“네?”

“프랑스어로 역은 la gare라고 한단다. sur mer가 아니고.”

나는 어떻게 된 일인지 알아차렸다.

“택시 기사는 우리가 크리엘 쉬르 메르 마을로 데려가달라고 하는 줄 알았군요? 기차를 타려면 ‘Où est la gare?’라고 물었어야 했는데.”

“그렇지.”

이런. 우리는 완전히 엉뚱한 곳에 와 있었다. 길을 잃은 것이다. 끔찍할 정도로, 엄청나게 비극적으로 말이지.

그럼 이제 어떻게 해야 하지?

16

조명, 카메라, 액션!

스톡홀름까지 1,892킬로미터

마틸다 무어의 흥미진진한 사실 #4

드릴로 지구를 수직으로 뚫은 후 뛰어내리면

지구 반대편까지 가는 데 정확히 42분 12초가 걸린다.

(그런 터널이 있다면 아마 지금쯤 도착했을 텐데.)

지난밤 인터넷에서 스웨덴으로 가는 경로를 검색했다. 프랑스 칼레에서 브뤼셀을 거쳐 독일의 뒤셀도르프로 간 후 푸트가르덴에서 북해를 건너 덴마크 코펜하겐에 도착하면 바로 옌셰핑, 린셰핑, 노르셰핑을 거쳐 스톡홀름에 도착할 수 있었다.

그렇다. 셰핑이라는 이름이 정말 많았다. 그리고 아직 거기까지는 한참 멀었다. 칼레에서 무려 1,723킬로미터나 떨어진 곳이었다.

시계를 확인해보니 오후 3시 3분이었다. 하늘은 멍든 것처럼 짙은 보라색에서 탁한 암회색으로 변하기 시작했다. 12월이라 해도 날이 너무 일찍 어두워졌다.

"프랑스는 영국보다 한 시간 빠르기 때문이란다." 할머니가 내 마음을 읽은 듯 옆에서 말했다. "여긴 지금 막 오후 4시가 지난 거지."

나는 손꼽아 세어봤다. 노벨상 시상식은 내일 정오였다. 그 말은 여기서 스웨덴까지 20시간이 남았다는 뜻이었다. 내가 저축한 돈과 크리스가 준 유로화를 대부분 택시비로 날려서 수중에는 돈이 없는 상황이었다.

남은 과제를 이루기란 불가능해 보였지만 포기할 수는 없었다. 나는 벌떡 일어났다. 길이 끝도 없이 우리 앞뒤로 쭉 뻗어 있었는데, 길 반대편에 숲이 있었다. 그곳을 통해 가면 어쩌면 답이 나올지도 몰랐다.

"한번 모험해보실래요?"

할머니가 어깨를 으쓱했다.

"그게 유일한 방법이라면야."

나는 할머니를 일으켜 세우고 같이 길을 건넜다. 그리고 강아지를 불렀다.

"태그!"

태그는 도로 경계석 한쪽의 들꽃에 얼굴을 묻고 있었다. 먹을 것을 찾으려는 게 분명했다.

"이쪽이야!"

태그가 껑충껑충 뛰어왔다.

우리는 숲 쪽으로 터벅터벅 걸었다. 발밑에서 잔가지들이 따닥 하고 부러지는 소리가 났다.

"등산화를 신고 계셔서 다행이에요."

할머니의 귀 끝이 빨개졌다.

"쓸모 있을 줄 알았지."

잠시 후 낮게 웅웅거리는 소리가 들려왔다. 엔진이 돌아가는 소리였다. 오예에! 잘되겠구나 싶었다. 우리가 해야 할 일은 차 주인을 설득해 우리를 기차역까지 데려다달라고 하는 거였다. 이번에는 '역'에 해당하는 프랑스어 단어를 알고 있으니까 잘못될 일은 없을 것 같았다!

고사리 덤불을 헤치고 가는데 점점 큰 소리가 들려오기 시작했다. 한 명이 아닌 여러 명이 외치는 소리였다. 사람들이다! 교통수단을 이용할 수 있겠지!

고사리 덤불은 풀로 덮인 가파른 언덕으로 이어졌다. 나는 할머니의 팔꿈치 아래를 꽉 잡고 함께 언덕을 천천히 올라갔다. 꼭대기에 도착하자 입이 딱 벌어졌다. 크고 무거운 투광 조명등이 켜진 들판이 나타났다. 그 일대에 백 명 이상이 모여 떠들어대고 있었다. 무거운 상자와 기계류를 미는 사람들도 있었고, 모니터 주위에 모여서 화면을 바라보는 사람들도 있었다.

"이런." 할머니가 숨을 헐떡이며 말했다. "촬영장이구나!"

태그가 들판 너머의 뭔가를 보고 요란하게 짖어댔다. 빨간색 푸드 트럭에서 줄을 선 사람들에게 핫도그와 햄버거를 팔고 있었다. 말라빠진 털 뭉치가 내 옆을 휙 지나 언덕 아래로 쏜살같이 내려가더니 소시지 냄새를 맡자마자 입가로 혀를 축 늘어뜨렸다.

할머니와 함께 태그를 따라 언덕을 내려가는데 뱃속에서 꼬르륵 소리가 났다. 튀긴 양파 냄새가 내 코까지 올라왔다. 배에서 케이크를 먹은 이후로 먹은 게 거의 없었다.

태그가 푸드 트럭 한쪽에 발을 갖다 대고 발톱으로 바퀴를 긁어댔다. 나는 흰색 앞치마를 두른 채 버거를 뒤집는 건장한 남자에게 다가갔다.

"실례지만," 혹시나 스베틀란카처럼 맛있는 음식을 내주지 않을까 싶어서였다. "가능하다면 혹시," 나는 푸드 트럭 뒤에 쌓인 롤빵을 가리켰다. "가진 돈이 없어서 그러는데, 저희가 먼 길을 와서…."

남자가 찡그린 얼굴로 태그를 보더니 고개를 젓고는 줄 서서 기다리는 사람들에게 음식을 내줬다. 쩨쩨하기는! 그때 누군가가 내 어깨를 손으로 조심스럽게 톡톡 두드렸다. 줄에 서 있던 분홍 머리 여자가 수줍게 감자튀김 봉투를 내밀었다.

"이거 먹어." 그녀가 완벽한 영어로 말했다. "강아지도 먹고 싶어 하는 것 같은데."

"와, 감사합니다!"

나는 받자마자 봉투를 열고 감자튀김을 나눠 먹었다. 태그한테도 몇 개 던져주니 허겁지겁 먹었다.

"그런데 이게 다 뭐죠?"

분홍 머리 여자의 얼굴이 새빨갛게 달아올랐다. 희미한 조명에서도 뺨이 붉게 물드는 게 보였다.

"필립 드 부비에의 최신 영화야!" 그녀가 비명 지르듯 말했다. "난 엑스트라야. 짜릿하지 않니?"

"필립 드 부비에가 누구죠?" 할머니가 물었다.

헉! 하는 소리가 푸드 트럭 앞에 줄 선 사람들 사이에서 터져 나왔다. 모두 할머니 쪽을 바라봤다.

"필립 드 부비에가 누구냐고요?" 다들 소리쳤다. "필립 드 부비에가 누구냐니요?"

분홍 머리 여자가 안타까움이 역력한 표정으로 우리를 봤다.

"그 사람은 프랑스에서 제일 유명한 스타 배우라고요!"

나는 촬영장 세트를 둘러봤다.

"그럼, 그 사람은 지금 어디 있어요?"

분홍 머리 여자가 발끝으로 바닥에 그림을 그렸다.

"아직 우리도 못 봤어. 트레일러에서 대부분 지내거든. 정말 유명하고 바쁜 사람이니까."

"그리고," 여자 뒤에 있던 키 큰 남자가 불쑥 끼어들었다. "절대 인터뷰를 안 해. 필립은 인터뷰 같은 걸 하기엔 너무 쿨하달까? 누구와도 얘기하지 않아."

"수줍음이 너무 많아서 그렇다던데." 남자 뒤에 있던 중년 여성이 덧붙였다.

하지만 우리는 이렇게 지체할 시간이 없었다. 당장 스웨덴으로 가야만 했다.

"이 근처에 기차역이 있나요? 아니면 택시 승차장이라도요."

분홍 머리 여자가 어깨를 으쓱했다.

"모르겠네. 우린 버스 타고 여기 온 거라서. 아마 자정까지는 버스가 안 올 거야."

우리에겐 그때까지 기다릴 여유가 없었다.

할머니가 눈을 가늘게 뜨고 멀리 바라봤다. 그러더니 들판의 맨 끝 쪽을 가리켰다.

"저것 봐!"

"열기구예요?"

나는 그때까지 그게 있는지조차 몰랐다. 온 신경이 푸드 트럭 음식에만 쏠려 있었기 때문이다.

빨간색과 파란색 줄무늬 열기구 아래로 나무로 짠 바구니가 달려 있었다.

"조종사한테 스웨덴까지 데려다달라고 부탁해보면 어떨까요?"

할머니가 어깨를 으쓱했다.

그래, 시도해볼 만한 가치가 있었다!

"아니면 열기구를 훔쳐 달아날 수도 있지 않을까요?"

나는 정말로 진지하게 말한 건데, 할머니는 얼굴을 찌푸리며 열기구 쪽으로 걸어갔다.

"도버 항에서도 배를 훔치려고 했었잖니." 할머니 역시 진지한 표정으로 말했다. "뭔가를 훔치는 건 하지 말자꾸나."

나는 열기구에 다가갔다.

"여보세요?"

근처에는 아무도 보이지 않았다.

"여-보-세-요?"

역시 아무 반응이 없었다. 그래서 나무로 짠 바구니를 들여다봤다가 심장마비에 걸릴 뻔했다.

바구니 바닥에 근육이 우락부락한 남자가 앉아 있었다. 20대 초반처럼 보였는데 깔끔하게 빗어 넘긴 갈색 머리와 생각에 잠긴 듯한 짙은 눈동자를 갖고 있었다. 턱은 완벽한 사각형이고 뺨 한가운데에 보조개가 패어 있었다. 위아래로 검은 옷을 입고 구식 조종사 고글을 머리에 쓴 남자는 불안한 듯 손톱을 물어뜯으며 혼자서 중얼거리고 있었다.

그런 그의 모습을 보자 마음이 진정되었다.

"저기요." 나는 최대한 상냥한 말투로 물었다. "좀 도와주실 수 있으신가요?"

남자가 당황스럽다는 듯 눈을 크게 뜨고 나를 올려다봤다. 그러고는 고개를 저었다.

"나는, 어, non, non comprende(몰라요)."

나는 머리를 쳤다.

"아, 그렇죠! 프랑스인이니까요. 죄송해요. 제가 프랑스어는 못해서요. 우리가 하려던 말이 뭐였죠, 할머니?"

"Où est la gare?" 할머니가 천천히 말했다.

나는 기차 바퀴처럼 팔을 움직이기 시작했다. '칙칙폭폭!' 소리를 내면서.

남자가 천천히 일어섰다. 그는 머리를 긁적긁적하더니 나와 할머니를 번갈아 봤다. "음." 그가 우물거렸다.

그때 들판 저편에서 남자 목소리가 메가폰을 타고 울려 나왔다.

"Mesdames et messieurs, tout est prêt(신사 숙녀 여러분, 준비가 다 됐습니다)!"

모두 제각각 이리저리 움직이며 맡은 역할을 하느라 분주했다. 몇몇 사람은 커다란 카메라 두 대를 열기구 바로 앞쪽으로 놓았다.

할머니와 나는 말뜻은 몰라도 대충 짐작할 수 있었다. 메가폰으로 외친 사람이 총책임을 맡은 감독인 모양이었다. 그리고 모두 각자 위치에 가서 서는 걸 보니 촬영 준비가 된 것 같았다.

나는 나무 바구니 위로 올라가 안쪽 프로판 가스 탱크 바로 옆으로 내려갔다.

"이것 좀 빌려야겠어요. 음, 빌-린-다고요." 나는 천천히 고글 쓴 조종사에게 말했다. "이 열기구요. 음, 하늘을 나는 거." 나는 로켓처럼 손으로 허공을 가로지르는 동작을 보여줬다. "아주 잠깐이면 돼요. 할머니?"

나는 낑낑거리며 할머니를 바구니로 끌어올렸다. 아까 배낭 속에 넣어뒀던 태그가 흥분했는지 아래를 내려다보며 짖어댔다. 태그도 모험의 낌새를 눈치챈 모양이었다.

"Specialiste d'explosives(폭발물 전문가)!"

테가 두꺼운 안경을 낀 땅딸막한 남자가 고함치며 허둥지둥 들판으로 뛰어왔다. 그는 온갖 종류의 은색 버튼이 달린 워키토키만 한 상자를 들고 있었다.

흠, 저 정도는 나도 이해할 수 있었다. 폭발물 전문가? 대체 이건 무슨 장르의 영화지? 나는 조종사 쪽을 봤다.

"우린 지금 당장 가야 해요. 부탁드려요."

사람들이 촬영 준비를 하고 있었다. 지금 가지 않으면 오늘 안에 여기서 벗어날 수 없을지도 몰랐다.

"여기." 할머니가 바구니를 땅에 고정시킨 두꺼운 갈색 밧줄을 잡아당기며 말했다. "마틸다, 이것 좀 도와주렴."

나는 할머니와 함께 밧줄을 홱 잡아당겼다. 밧줄을 열기구 안으로 감아올리자 풀잎들이 허공에 날렸다. 우리는 지상에서 약간 들려 있었다.

"와우!"

우리는 버드나무 가지로 짠 바구니 옆면을 단단히 붙잡으며 탄성을 쏟아냈다.

조종사가 할머니와 나를 바라보더니 짙은 눈썹 사이로 미간을 찌푸렸다. 그러더니 입을 열고 뭔가를 중얼거렸다.

"촬영장에선 조용히!" 들판의 누군가가 소리쳤다. "한 번에 제대로 찍어야 한다고! 우리 스타 배우님은 어디 계신가? 필립 어딨어?"

"10초 후에 들어갑니다!" 폭발물 전문가가 소리치며 상자 위의 은색 버튼을 눌렀다.

할머니와 나는 서로 쳐다봤다. 지금이 아니면 기회는 없다! 나는 옆에 있는 은색 프로판 가스 탱크로 다가갔다.

"가요? 엔진 시동 걸까요?"

조종사가 나와 카메라에 이어 열기구 쪽을 향해 있는 촬영용 투광 조명등을 봤다. 그는 어쩔 줄 몰라 했다. 이 모두가 대본의 일부인 건가? 아닌가?

"9, 8—" 폭발물 전문가가 외쳤다.

조종사가 고개를 끄덕이더니 잼통 뚜껑을 돌려서 따듯 가스 탱크 손잡이를 돌렸다. 빨간색 파이프가 탱크에서 열기구로 이어져 있고 금속 버너가 매달려 있었다. 잠시 후 버너에 불이 붙으면서 주황색 불꽃이 춤을 추듯 열기구의 받침대까지 치솟았다.

"필립은 어디 있는 거야?" 감독이 몹시 당황한 목소리로 외쳤다. "Où est mon étoile(내 스타는 어디 있냐고)!"

"6, 5, 4—"

"저기 있다!" 날카로운 고음이 들판에 울려 퍼졌다. "필립!!" 10대 소녀 여섯 명이 한데 모여서 열기구를 가리켰다.

"3, 2—"

나는 조종사를 보고 얼굴을 찡그렸다. 대체 다들 무슨 말을 하는 거야?

탕!

풀과 진흙 뭉치가 공중으로 치솟았다. 열기구가 충격을 받으면서 우리는 바구니 안에 내동댕이쳐졌다. 위에 있는 금속 버너가 굉음을 내더니 불이 화르르 타올랐다.

폭발음에 귀가 울리고 먼지와 연기에 눈이 매웠다. 모여든 소녀들이 소리를 지르기 시작했다.

나는 가슴이 뛰었다. 내 몸이 마치 공기처럼 가벼워진 느낌이 들었다. 이윽고 열기구가 위로 날아오르기 시작했다. 나는 할머니를 향해 밝게 웃었다.

"이거예요! 드디어 간다고요!"

할머니도 기쁜 얼굴로 내 어깨를 꼭 쥐었다. 태그 녀석도 좋은지 짖어댔다. 조종사만 심란한 얼굴이었다. 그는 바구니 한쪽에 늘어져 있었는데 거의 떨어져 내릴 것만 같았다. 할머니가 그의 셔츠를 잡아서 안으로 끌어내렸다.

"뛰어내리면 안 돼요! 너무 높다고요!"

지상에서 외치는 소리가 울려 퍼졌다. 나는 무슨 일이 일어났는지 보려고 눈앞에 남은 연기를 손으로 휘휘 저어 날려 보냈다.

바로 눈앞에 나무 꼭대기들이 보였다. 파란 하늘도 보였다. 하늘은 점점 더 파래졌다. 우리는 제대로 가는 중이었다!

더 높이 올라가자 아래에 있는 사람들이 개미처럼 보였다. 감독, 카메라맨, 10대 소녀들이 우리를 올려다보고 있었다.

머릿속에 생각이 떠올랐다. 왜 조종사는 열기구에서 뛰어내리려고 했을까? 그가 조종사가 아니라면, 그가 만약—

"잠깐만요. 아저씨는 배우예요? 그 유명한 프랑스 영화배우?"

조종사는 바구니 양쪽을 하도 꽉 쥐어서 주먹이 얼굴만큼 하얗게 변했다. 그는 토할 것 같은 얼굴이었지만, 가까스로 고개를 살짝 끄덕였다.

"그러니까 이걸 운전할 수 없다는 거예요?"

나는 목구멍까지 공포가 차오르는 걸 느꼈다. 공중으로 솟아오르면서 한없이 이어진 프랑스 시골 마을들이 휙휙 지나갔다.

"게다가 더 중요한 건," 나는 침을 꿀꺽 삼키며 말을 이었다. "그럼 착륙하는 법도 모른다는 거잖아요?"

열기구 조종사가 아닌, 프랑스의 유명 배우 필립 드 부비에는 고개를 저으며 바구니 바닥에 털썩 주저앉아 무릎을 얼굴로 당겼다. 그러고는 몸을 앞뒤로 흔들었다.

할머니가 내 어깨를 꽉 잡았다.

"걱정하지 마라. 다 잘될 거야."

나는 구역질이 났다.

"할머니, 그건 별로 위로가 안 되네요. 이제 곧 죽을지도 모르는 상황인 게 뻔히 보이는데!"

필립 드 부비에는 여전히 구석에서 끙끙대고만 있었다.

하지만 할머니는 당황하지 않았다. 나를 지나쳐 가더니 프로판가스 탱크의 밸브를 만지작거렸다.

"마틸다, 그렇지 않아." 할머니가 부드럽게 말했다. "난 1970년대에 이런 열기구를 조작하는 법을 배웠단다."

"진짜요?"

할머니는 이런 일쯤은 아무것도 아니라는 듯 어깨를 으쓱했다.

"자랑하려는 건 아니다만, 느긋하게 앉아서 여행을 즐기렴!"

와우, 우리 할머니가 열기구 운전하는 법을 알다니? 게다가 제대로 교육받은 훌륭한 과학자였고, 그것도 모자라 할머니 이름을 딴 행성까지 발표될 뻔했다니?

하늘 높이 올라가니 새들이 퍼덕거리며 우리 옆을 지나갔고 아래로는 땅이 까마득하게 보였다. 나는 할머니를 보며 다시 한 번 놀라지 않을 수 없었다. 정말 엄청난 분이잖아!

17

열기구를 타고 파리로

마틸다 무어의 흥미진진한 사실 #5

중간 정도 크기의 뭉게구름은 코끼리 80마리의 무게와 맞먹는다.

(다행히 구름은 우리 머리 위로 떨어지지 않으니

일상생활 중에 구름에 깔려 죽을 일은 없다.)

할머니와 나는 강아지 한 마리와 유명 영화배우를 벗 삼아 열기구를 타고 프랑스 상공을 날아갔다. 이런 말을 할 수 있는 날이 매일같이 있는 건 아니다.

"그러니까 열기구가 움직이는 건," 나는 기구 위쪽을 올려다보며 말했다. "이 열기구 안에 갇힌 공기가 바깥 공기보다 더 뜨겁기 때문인 거죠?"

할머니는 프로판 가스 탱크를 조절하고 열기구의 진로를 그대로 유지하면서 고개를 끄덕였다.

"그렇지. 단순한 물리법칙이란다."

"소금물에 달걀이 떠 있는 거랑 같은 거네요."

전날 과학경진대회에서 조시가 시도했던 트릭이 떠올랐다.

"물체는 그게 떠 있는 물보다 밀도가 낮으면 뜨고 물보다 밀도가 높으면 가라앉죠. 열기구의 경우엔 바깥 공기보다 더 뜨거운 공기를 가둬야 위로 솟아오를 수 있으니, 그래서 버너가 필요한 거고요."

"제대로 알고 있구나." 할머니가 미소를 지었다. "뜨거운 공기를 둘러싸서 가두기만 하면 이런 이동 수단이 생기는 거지."

"굉장해요."

"그렇지."

할머니가 나를 지그시 바라봤다.

"그렇지만 작동 원리에 너무 골몰하다 보면 주변 것들을 못 보고 지나칠 수 있단다. 경치를 마음껏 감상하렴. 이 위에서 보니 신비롭구나."

나는 바구니 너머를 내다봤다. 아름다운 초록색 들판이 우리 아래로 끝도 없이 이어졌다. 하늘은 이제 막 온통 검은색으로 변하기 직전이었고 농장에서 조금씩 새어 나오는 불빛이 풍경을 수놓았다. 전에는 이런 풍경을 본 적이 없었다.

나는 잠든 태그를 깨우지 않도록 조심스럽게 배낭 속을 뒤져서 할머니의 사진판을 꺼냈다. 그걸 들어 올린 다음 눈을 가늘게 뜨고 별들을 봤다.

"어떤 게 스모크 행성이에요?"

"맨눈으로는 볼 수가 없단다. 그렇지만 저쪽에 있을 거야."

할머니는 나한테서 유리판을 받아 들고 위치를 맞췄다. 그래야 별이 뒤덮인 하늘이 유리판을 통해 보이기 때문이었다.

그 행성을 바로 우리 할머니가 발견했다는 게 정말 놀랍기만 했다. 어서 가서 모든 걸 바로잡아야 할 텐데.

"이걸 타고 스웨덴까지 쭉 날아갈 수 있지 않을까요?"

할머니가 고개를 끄덕였다.

"그게 우리 계획이지."

그렇다! 이제 우리는 더 이상 우왕좌왕하지 않아도 된다. 기차역을 찾을 필요도, 티켓을 사려고 돈을 구할 필요도 없다. 그냥 스톡홀름까지 이대로 쭈우우욱 날아가기만 하면 되는 거다. 스톡홀름 시청 주차장에 열기구를 주차하고, 시상식에 드라마틱하게 입장하는 거지. 그리고 세상 사람들에게 진실을 알려줘야지. 그 무엇도 우릴 막을 수 없다!

"Non(안 돼)!" 바구니 바닥에서 목소리가 터져 나왔다.

필립 드 부비에였다. 혼자 생각에 잠겨 30분 동안 조용히 있었기 때문에 우리는 그의 존재를 거의 잊고 있었다.

"무슨 일이죠?"

필립이 다가와서 프랑스어 억양이 강한 영어로 말했다.

"당장 이 비행기를 착륙시켜야 해요."

"열기구를 말하는 거겠죠." 할머니가 정정해줬다.

"왜요?" 나는 두 팔을 활짝 벌리며 풍경을 가리켰다. "위에서 보면 정말 멋진 풍경이잖아요."

필립이 나를 노려봤다.

"내가 누군지 아니?"

그는 우리가 대답할 틈도 주지 않고 그저 당장 이 비행기를 착륙시켜야 한다는 말만 반복했다.

"열기구라니까요." 할머니가 다시 한 번 정정해줬다.

그가 그리 똑똑한 영화배우는 아니라는 생각이 들었다. 솔직히 말해 그는 토머스 토머스와 비슷한 부류의 사람인 것 같았다. 분명한 사실은 필립 드 부비에가 자기 식대로 행동하는 데 익숙한 사람이라는 거였다.

"난 유명한 영화배우예요." 그가 때맞춰 말했다. "난 프랑스 역대 최고의 흥행 수입을 올린 영화에 출연한 배우라고요!" 그다음에 그가 뭐라고 덧붙여 말했지만, 너무 조용히 말해서 내가 제대로 들은 건지 알 수 없었다. "요트 한 대랑 집 세 채, 포르쉐, 그리고 그레이하운드 반 마리를 갖고 있죠."

"나머지 반은 어떻게 된 거예요?"

"어떻게 되긴. 난 50퍼센트만 가진 셈이지. 내 여동생이 나머지 반을 갖고. 우린 경주에 개를 내보내거든."

"여동생을요?" 할머니가 물었다.

나는 할머니의 얼굴에서 아무것도 모르는 척하는 표정을 발견했다. 할머니는 그를 놀리는 걸 재미있어 하고 있었다.

"그레이하운드요." 그가 또박또박 말했다. "그러니까 이 비행기, 아니 열기구를 지금 당장 착륙시켜야 한다고요!"

나는 팔짱을 끼고 그를 빤히 바라봤다.

"자, 들어보세요." 내 목소리는 냉정하고 단호했다. "아저씨가 얼마나 유명한지, 얼마나 돈이 많은지 누가 상관이나 한대요? 요트가 있고 집 세 채에 근사한 차와 개가 있어서 어쩌라고요? 그냥 다 그렇고 그런 빤한 거잖아요. 별로 중요해 보이지도 않는데. 어쨌든 스웨덴까지 날아가는 것만큼 중요한 건 하나도 없어 보이네요."

굳은 얼굴로 나를 빤히 쳐다보는 걸 보니 그는 내가 쏟아낸 말에 확실히 충격을 받은 것 같았다. 그는 분명히 사람들과 말다툼하는 데 익숙하지 않은 것 같았다. 그렇지만 그 눈빛에서 내 얘기 중에 그의 호기심을 자극한 뭔가가 있다는 걸 알 수 있었다.

"왜지?" 그가 갑자기 물었다.

나는 재빨리 스모크 교수의 도둑질이며 노벨상 시상식에 관한 모든 일을 설명하고 사진 유리판을 보여줬다. 그는 너무 놀라서 입이 딱 벌어졌다. 이 무슨 말도 안 되는 얘기란 말인가!

내가 얘기를 마치자 그는 생각에 잠긴 듯 턱을 톡톡 두드렸다.

"이거 정말 영화로 만들면 멋질 것 같은 얘기군요. 할머니 삶을 소재로 쓸 권리를 저한테 파시겠어요?"

그 말을 듣고 할머니가 깔깔 웃었다.

"내 삶에 대한 권리요? 말도 안 돼."

할머니는 손사래를 쳤지만 즐거워하는 기색이 역력했다.

그때 갑자기 열기구가 오른쪽으로 심하게 흔들렸다. 필립이 유리판과 함께 내동댕이쳐져서 바구니 밖으로 떨어질 듯 매달렸다.

"아아아아아악!"

그가 발버둥 치며 소리 지르는 바람에 태그가 잠에서 깨어나 짖어대기 시작했다.

나는 필립의 셔츠를 움켜쥐고 그를 다시 바구니 안으로 확 잡아당겼다. 솔직히 사진판이 잘못될까 봐 더 애가 탔다. 나는 사진판을 다시 조심스레 배낭에 넣었다.

"할머니, 조금 전에 왜 그런 거예요?"

할머니는 열기구 풍선을 올려다봤다.

"바람이 빠지고 있구나."

할머니는 우리가 놀라지 않도록 침착한 목소리로 말했지만, 엄청나게 높은 상공을 여행하는데 '바람이 빠지고 있다'는 건 누가 들어도 좋은 징조일 리 없었다.

실눈을 뜨고 위를 올려다보니 버니의 불꽃 끝부분 바로 위 풍선에 작은 구멍이 나 있는 게 보였다. 한 줄기 달빛이 그 구멍을 통해 들어왔다.

열기구가 다시 흔들리더니 덜컹거리며 아래로 떨어졌다. 갑작스러운 움직임에 가슴이 철렁했다.

"이제 어떡해요?"

할머니가 밧줄을 잡더니 열기구가 평형을 유지하도록 당겼다.

"이제 착륙한다." 할머니는 그렇게만 말했다.

나는 아래를 내려다봤다. 갑자기 떨어지긴 했어도 열기구는 여전히 지상에서 먼 상공에 있었다. 그래 좋아, 할머니는 1970년대에 이런 것들을 조종하는 법을 배웠다고 했으니까. 근데 정말 착륙하는 법도 아실까?

필립이 손으로 머리를 감쌌다.

"안 돼, 안 돼, 안 돼. 난 죽기엔 너무 젊다고! 게다가 부자에 유명인인데! 이럴 순 없어. 이럴 순 없다고!"

할머니는 온 힘을 다해 밧줄을 당겨 안정 상태를 유지했다. 나는 할머니한테 가서 밧줄 당기는 걸 도왔다. 우리 중에 가장 힘이 센 필립은 너무 겁에 질려서 전혀 도움이 되지 못했다.

밧줄을 당기며 열기구 풍선 안에 난 구멍을 보다가 정말 기발한 생각이 떠올랐다. 최상의 발명품이란 문제를 해결하는 발명품이다. 풍선에 구멍이 생기면서 우리는 지상으로 추락하고 있었다. 그럼 구멍을 메워줄 뭔가를 발명하면 되는 거지!

"주머니를 털어보세요." 나는 멜빵바지를 미친 듯이 뒤지며 고함쳤다. "아하!" 풍선껌이 나왔다. 나는 그걸 입에 넣고 씹었다.

할머니도 밧줄에서 한 손을 떼고 바지 주머니를 더듬었다. 뒷주머니에서 손수건 한 장과 우표가 나왔다.

"이게 도움이 될까?"

나는 할머니로부터 손수건과 우표를 건네받았다.

"필립 아저씨! 아저씨는 주머니 속에 뭐 없어요?"

하지만 그는 먼 곳을 바라보며 공포로 얼어붙어 있었다. 나는 "필립 아저씨!" 하고 외치며 그의 재킷을 잡아당겼다. 그제야 그가 정신을 차렸다.

필립의 지갑에서는 유로화가 약간 나왔다. 나는 유로화와 우표, 손수건을 가지고 풍선 구멍에 붙일 반죽을 만들었다. 한참 씹은 풍선껌을 접착제로 썼다.

반죽이 완성되자 나는 핸디-핸디-핸드의 '시리얼 스푼' 손가락을 '새총' 손가락으로 바꾼 후 그 안에 반죽을 넣었다. 그리고 목표를 겨냥했다. 기회는 단 한 번밖에 없었다. 새총으로 쏜 반죽이 열기구 밖으로 날아간다면 우리의 마지막 희망이 사라지는 셈이었다. 나는 초점을 맞추기 위해 왼쪽 눈을 질끈 감고 핸디-핸디-핸드의 손바닥에 있는 버튼을 눌렀다.

핑!

반죽이 풍선 쪽으로 날아가서 구멍에 딱 달라붙었다. 기적적으로 구멍이 메워진 것이다.

"잘한다, 마틸다!" 할머니가 소리쳤다. "명중이야!"

그 즉시 열기구가 평형을 되찾았다.

할머니가 금속 버너의 밸브를 조정하자 열기구는 다시 밤하늘을 흔들림 없이 떠다니게 되었다.

나는 할머니를 꽉 껴안았고 필립도 얼빠진 상태에서 헤어나와 같이 기뻐했다. 태그도 껑충껑충 뛰며 내 코트를 긁어댔다.

"살았군요!" 필립이 웃음을 터뜨렸다. "전 완전히 얼어 있었는데, 여러분이 해냈어요. 이제 살았어요!" 그는 기뻐하며 지그재그로 우스꽝스러운 춤을 추었다.

"잠깐만요."

나는 갑자기 뭔가를 눈치챘다. 그의 목소리가 바뀌었다. 더는 낯선 프랑스어 억양이 들리지 않았다. 오히려 영국 사람에 가까운 말투였다.

"아저씨는 프랑스인이 아니군요!"

필립이 찔리는 데라도 있는 듯 주변을 살폈다.

"맞아, 프랑스 사람!" 그가 다시 프랑스어로 고함쳤다. "Ah, oui(아, 네)."

"억양이 사라졌는걸요."

"아니야. 그렇지 않아! 그러니까, non, non, 그렇지 않다구, 꼬마 아가씨."

"죽을 뻔했다고 생각하니 진짜 자기 모습이 나온 거잖아요, 필립." 할머니가 지적했다.

필립은 나와 할머니를 잠시 번갈아 바라보더니 깊은 한숨을 내쉬었다.

"좋아요. 저는 사실… 그림스비 출신이에요."

나는 프랑스 지리를 잘 모르지만 그림스비가 프랑스에 있지 않다는 건 분명했다.

"북쪽의 작은 마을이란다." 할머니가 설명했다. "영국에 있지."

"제 진짜 이름은 브라이언이에요." 필립이 조용히 말했다. 이제 진짜 억양이 나오고 있었다. 뚜렷한 영국 북부 억양이었다. "브라이언 콜린 램스버텀."

브라이언은 필립 드 부비에와는 한참 동떨어진 이름이었다. 여기서 웃어버리면 잔인하게 느껴지겠지만, 정말 웃고 싶어 죽을 것 같았다. 성이 램스버텀이라니!(램스버텀은 '숫양의 엉덩이'라는 뜻으로도 해석될 수 있다:옮긴이)

"그럼 왜 다른 사람인 척했던 거예요, 브라이언?" 할머니가 상냥한 미소를 띠고 물었다.

"전 열여덟 살 때 연기를 시작했어요. 그렇지만 오디션에서 어떤 역도 따낼 수가 없었죠. 감독들은 '촌동네 그림스비 출신의 브라이언 램스버텀'은 스타가 될 수 없다고 말했어요. 내가 뭘 할 수 있는지 보여줄 기회조차 주지 않았죠. 그래서 프랑스로 건너와 우울한 필립 드 부비에라는 인물을 만들어냈고 곧 주목을 받게 됐죠."

"많은 배우가 새로 이름을 짓긴 해요."

할머니가 이해한다는 뜻으로 브라이언의 어깨를 꼭 쥐었다.

"가수들도요." 내가 끼어들었다. "브루노 마스도 본명이 아니죠."

브라이언이 한숨을 쉬었다.

"사기꾼이라도 된 기분이네요. 그렇지만 이젠 모두 필립을 원한다구요. 영국 촌동네에서 온 브라이언 콜린 램스버텀을 좋게 봐줄 사람은 없을 거예요."

그렇게 말하고 그는 바구니에 기대어 생각에 잠겼다.

브라이언은 그 때문에 큰 상처를 받았겠지만, 솔직히 내가 보기에 그게 그리 큰 문제 같지는 않았다.

"그냥 진짜 자신이 누구인지 사람들한테 얘기해봐요. 그럴 경우 일어날 수 있는 최악의 일이 뭐죠?"

브라이언이 입을 벌린 채 나를 봤다.

"웃음거리가 되겠지! 아무도 나를 다시는 써주지 않을 거야! 집을 팔고 차를 팔고 요트를 팔아야겠지. 개도 팔고 모조리 다 팔아야겠지."

"그래도 여전히 아저씨인 건 변함없잖아요."

브라이언은 슬픔에 잠겨 고개를 저었다.

"그리 단순하지가 않아."

"저한텐 충분히 단순해 보이는데요." 하고 말을 꺼내기도 전, 열기구 풍선 안에서 뭔가가 요란하게 미끄러지는 소리가 나더니 뒤이어 쉬이익 소리가 뚜렷하게 들렸다. 풍선 바람이 천천히 빠지는 것 같은 소리였다. 우습게도 내가 생각한 바로 그 소리였다.

우리는 동시에 위쪽을 봤다. 풍선껌 반죽이 떨어져 있었다.

"전원 준비!" 할머니가 소리쳤다. 그러고는 열기구가 기울기 전에 다시 밧줄이 있는 쪽으로 가서 아래로 밧줄을 당겼다.

그러나 그걸로는 모자랐다. 나와 브라이언의 몸무게를 합쳐도 열기구가 하늘에서 지그재그를 그리며 아래로 돌진하는 걸 막기엔 역부족이었다.

할머니는 열기구를 조종하려 애썼지만, 바구니 밖을 내다보니 땅바닥이 우리와 빠르게 가까워지고 있었다. 열기구가 곤두박질치면서 나무와 지붕, 건물 꼭대기며 강이 점점 크게 보였다.

"여긴 파리군요!" 브라이언이 소리쳤다. "개선문! 노트르담 대성당! 이런, 저기 에펠탑도 있네요!"

지금 상황이 이렇게 가이드 투어를 할 때는 아니지만, 브라이언이 겁에 질려 공황 상태에 빠지는 것보다는 나은 것 같았다.

"에펠탑?" 할머니가 말했다. "그거면 되겠군."

할머니가 버너의 밸브를 세게 잡아당기자 열기구가 오른쪽으로 급격히 움직였다.

"뭐가 되겠다는 거예요?"

나는 불길한 예감이 들었다. 열기구가 어디로 향할지 짐작이 갔기 때문이다.

열기구는 에펠탑 쪽으로 요동치며 앞으로 나아갔다. 할머니는 원하는 방향으로 열기구를 조종하기 위해 밧줄, 금속 버너와 사투를 벌였다. 이제 땅바닥이 코앞이어서 아래에 있는 사람들 얼굴을 알아볼 정도였다.

"비켜요!!" 나는 최대한 크게 소리 질렀다.

북적이는 파리 시내 길거리에서 사람들이 충격과 공포에 휩싸여 위를 올려다봤다. 저거 열기구야? 어린 소녀와 노부인이 타고 있는 거 맞아? 잠깐, 배낭에 개도 있네? 그리고—

"세상에, 필립 드 부비에잖아!!!" 에펠탑 전망대에 있던 소녀가 비명을 질렀다.

브라이언은 어쩔 수 없이 손을 흔들며 아래에 있는 사람들에게 사진 촬영 자세를 취해 보였다. 에펠탑에 줄 서 있는 관광객, 보안 요원, 퇴근하던 파리 시민 들이 휴대폰을 꺼내 마구 사진을 찍어대기 시작했다. 브라이언의 백만 달러짜리 영화배우 미소가 카메라 플래시와 함께 빛났다.

에펠탑 꼭대기가 점점 가까워졌다. 꼭대기 끝은 뾰족했다. 대못처럼 생긴 뾰족한 금속 끝부분을 상상하면 된다. 그 거대한 금속 못을 향해 열기구는 빠른 속도로 돌진하고 있었다.

"침착하자." 할머니가 밧줄을 당기며 중얼거렸다. "다 왔어."

나는 배낭 안에 있던 태그를 꺼내 안전하게 코트에 넣었다. 털이 수북한 태그의 따뜻한 몸이 내 품 안에서 꿈틀거렸다. 나는 두 손으로 열기구의 바구니 끝을 단단히 잡았다.

지상에 거의 다 도착했는지, 아래에 서 있는 사람들의 거친 숨소리와 비명이 들려왔다.

"브라이언 아저씨, 꽉 잡아요!"

브라이언은 여전히 팬들에게 웃어주느라 바빴다.

"전 할머니를 믿어요." 나는 눈을 질끈 감고 중얼거렸다.

바람이 귓가를 스치는 소리가 들렸다. 한순간 고요함이 느껴지면서 이거야말로 하늘을 나는 기분이 아닐까 하는 생각이 들었다.

뭔가에 부딪혔다. 나는 바구니 안을 반쯤 날아가 브라이언과 부딪친 뒤 내동댕이쳐졌다.

할머니가 휘파람을 불었다.

어디선가 리듬감 있는 소리가 들려왔다. 잠시 후 그게 뭔지 알게 되었다.

박수 소리였다.

사람들이 박수를 하며 우리를 향해 소리 지르고 있었다.

나는 용기를 내서 눈을 떴다. 할머니와 브라이언이 미소 짓고 있었다. 그렇다면 좋은 신호였다. 나는 바구니 밖을 내려다봤다. 할머니는 에펠탑 바로 끝에 열기구를 착륙시켰다. 작살에 꽂히듯 에펠탑의 뾰족한 끝이 바구니를 찔러 통과하는 일은 일어나지 않았다. 멋진 착지였다.

"할머니가 해내셨어요!"

나는 할머니한테 와락 안겼다. 아, 코트 안에 태그가 있다는 걸 깜빡 잊었다. 포옹하면서 눌렸는지 태그가 컹컹 짖었다.

"살았어요!" 브라이언이 길게 휘파람을 불었다. "내 인생이 눈앞에 주마등처럼 스쳐 지나더군요. 하지만 이젠, 이 살아남은 인생이 제 인생에 찾아온 두 번째 기회 같아요. 저 자신에게 솔직해져야겠어요. 다시 브라이언 콜린 램스버텀이 되어볼까 해요. 뭐 좀 불안하긴 하지만 잘되겠죠."

실제로 열기구가 가라앉는 배처럼 불안하게 에펠탑 꼭대기 한쪽으로 기울고 있었다.

그때 어떤 목소리가 크게 들렸다. 확성기나 메가폰을 통해 나오는 것처럼 증폭된 목소리였다.

"Restez où vous êtes(꼼짝 마)!"

할머니와 나는 겁에 질려 서로 쳐다봤다.

"뭐라고 한 거예요?"

브라이언이 우리를 보며 미소 지었다.

"파리에 온 걸 환영한다고 했어. 당연히 그래야지. 예의도 바르시지."

"하지만 화가 나서 발을 구르는 것처럼 들리던데요."

그때 다시 목소리가 들렸다.

"Restez où vous êtes! Nous sommes la police.(꼼짝 마! 우린 경찰이다.)"

그중 단어 하나는 알아들을 수 있었다.

할머니가 바구니 너머로 내려다보더니 눈썹을 치켜떴다.

"정말 많은 사람이 와 있구나."

"경찰이요?"

"무장 경찰이야."

할머니가 침을 꿀꺽 삼켰다. 경찰은 원래 총을 가지고 다니는데 무슨 무장이 더 필요할까 싶었지만, 무슨 말인지는 알아들었다.

"Mains en l'air(손 들어)!" 우렁찬 목소리가 다시 울렸다. 이번에는 만일에 대비해 영어로도 나왔다. "앞으로 나오세요!"

아래에서 사람들이 쿵쾅거리며 계단을 오르는 소리가 들렸다. 땀방울이 이마에 송골송골 맺혔다. 우린 아무것도 잘못한 것이 없는데 뭐지? 에펠탑 꼭대기에 열기구를 착륙시킨 건 일부러 그런 게 아닌데. 어쩌다 보니 그리 된 건데!

무장 경찰은 그렇게 생각하지 않는 것 같았다. 경찰 대장이 우리 아래 층계참으로 다가오자 우리는 두 손을 들었다. 나는 쉽게 겁먹는 편이 아니지만, 백여 명의 경찰이 총을 쥐고 우리를 노려보는 모습을 보니 약간 불안해졌다.

"우린 문제를 일으키고 싶지 않아요." 할머니가 외쳤다. "내려가서 계속 가던 길을 갔으면 합니다."

"여러분이 저희를 스웨덴으로 데려다줄 생각이 아니라면요." 내가 끼어들었다. 시도해볼 만한 얘기였다.

브라이언이 환하게 웃었다.

"이건 저한테 맡겨요."

그는 마치 연기라도 하는 듯했다.

"신사 여러분," 브라이언이 바구니 너머로 몸을 숙이며 외쳤다. "제가 설명해드리겠습니다."

그는 손으로 머리를 쓸어 넘기고는 우리가 스톡홀름에 가야 하는 이유를 열의에 찬 연설로 풀기 시작했다. 그리고 자기가 어떻게 이 여행을 함께하게 되었는지, 우리의 여행에 정신적으로 공감하게 되었는지도 얘기했다.

하지만 안타깝게도 브라이언 콜린 램스버텀은 프랑스어를 거의 하지 못했다. 몇 년 동안 프랑스에 살며 일했지만, 그의 프랑스어 실력은 꽝이었다. 그가 언론 인터뷰에 응하지도, 촬영 세트장에서 사람들과 얘기를 나누지도 않았던 건 바로 그 때문이었다. 지나치게 수줍음이 많은 사람인 척하면서 그동안 그 사실을 들키지 않을 수 있었던 것이다.

무장 경찰들에게 열의에 찬 연설을 늘어놓으며 실제로 그가 한 말은 이거였다.

“이전에 많은 원숭이가 있었는데, 17대의 자전거가 낚시하러 갔습니다. 나는 새파랗게 화가 났지만, 무지개는 우스웠어요. 괜찮으신가요? 그렇지만 저 필립 드 부비에는 초콜릿 마우스패드와 12년 된 헤드폰과 함께 아이들이 잠을 자듯 웃습니다. 브라이언 콜린 램스버텀은 4천 개의 치즈이자 ‘액션!’이고 빨간 펜이죠. 왜냐하면 달의 주기에는 세탁기가 있거든요.”

무장 경찰들이 당황한 표정으로 서로 쳐다봤다. 뒤에 있던 몇몇 사람이 중얼거리기 시작했다. 그 남자 배우 아냐? 그런데 대체 지금 뭐라고 지껄이는 거야? 열기구 안에서 노부인과 강아지를 품은 어린 소녀랑 대체 뭘 하고 있었던 거야? 아무도 무슨 상황인지 정확히 알 수가 없었다.

잠시 후 경찰 대장이 우리를 향해 외쳤다.

“당장 이쪽으로 내려오세요. 경고합니다. 허튼짓 하지 말고 내려오세요.”

우리는 눈이 휘둥그레져서 서로 바라봤다.

어떻게 이 상황을 설명하고 빠져나갈 수 있을까?

18

브라이언의 가슴 벅찬 연설

스톡홀름까지 1,875킬로미터

마틸다 무어의 흥미진진한 사실 #6

에펠탑은 1889년 파리 만국박람회를 위해 만들어졌지만

본디 영구적으로 보존할 목적은 아니었다.

(다행스러운 일이다. 에펠탑이 철거되었더라면

우리는 열기구를 착륙시킬 곳이 없었을 테니까.

지상에 철퍽! 하고 떨어져 죽는 경우는 빼고 말이지.)

에펠탑은 2만 개의 전구로 빛을 발한다. 토머스 에디슨, 파이팅!

(우리가 내려오자 전구에 불이 모두 켜졌다. 전기료를 생각하면!

아빠는 내가 밤새도록 방에 불을 켜놓는다고 타박한다!)

그리고 꼭대기에서 바닥까지 1,665개의 계단이 이어져 있다.

우리는 에펠탑에서 지나치게 느린 속도로 천천히 내려온 후 마침내 땅에 닿았다.

모여 있던 군중이 다시 한 번 박수갈채를 보냈다. 무장 경찰들은 박수하지 않았다.

"우리랑 같이 가주셔야겠습니다." 경찰 대장이 말했다.

우리는 그럴 시간이 없었다. 코트 안에서 꼼지락대며 작게 으르렁거리는 걸로 보아 태그도 나랑 같은 생각인 것 같았다.

"조용히 해, 태그." 나는 개를 진정시켰다. "물면 안 돼."

주의를 돌릴 필요가 있었다. 머릿속에 퍼뜩 생각이 스쳤다. 봉투가 펑 터지도록 트릭을 쓰면 된다! 인터넷에서 백만 번도 더 봤다. 샌드위치 종이봉투 안에 식초와 탄산수소나트륨을 넣으면 내용물이 부풀어 오르면서 봉투가 펑! 하고 터진다. 경찰들은 너무 놀라서 우리가 슬그머니 빠져나가는 걸 알아채지 못할 것이다. 문제가 있다면 샌드위치 종이봉투가 없다는 건데. 아, 식초도 없군. 탄산수소나트륨도 없고. 난 왜 그걸 배낭에 넣어올 생각을 못 했을까? 어쩌면 그냥 펑! 소리가 나게 만들 수 있지 않을까?

내가 고민에 빠진 걸 알고 조스 할머니가 내 팔에 손을 올렸다.

"마틸다, 다 잘될 거다."

나는 한숨을 내쉬었다. 자수하는 것밖에는 방법이 없었다.

그런데 바로 그때 브라이언 램스버텀이 앞으로 불쑥 나왔다.

"말씀드리고 싶은 게 있습니다." 그는 본디 그림스비 억양으로 우렁차게 말했다. "세상에 알리고 싶은 것이 있어요."

흥미진진한 가십거리를 얻어들을 거라 생각했는지 브라이언의 팬들이 앞으로 쏟아져 나왔다. 사람들이 우리를 둘러싸고 할머니와 나를 밀쳤다. 우리 얼굴 앞에서 카메라 플래시가 터졌다.

"꼼짝 마!" 경찰 대장이 외쳤다. 그는 이걸 '수상한 짓'으로 생각한 게 분명했다.

사람들은 그의 경고를 무시했다. "그게 뭐예요, 필립?" 누군가가 외쳤다.

관광객들과 구경꾼들이 우리를 둘러싸며 브라이언의 한 마디 한 마디에 주의를 집중하자, 브라이언이 할머니와 내 쪽을 보며 속삭였다.

"어서 가요."

"뭐라고요?"

"내가 주의를 끄는 동안," 그는 사람들을 향해 고개를 끄덕이며 말을 이었다. "빠져나가. 꼭 스웨덴에 가. 뒷감당은 내가 할 테니까."

"그럴 순 없어요." 할머니가 말했다.

프랑스 최고 유명세를 자랑하던 스타의 눈에 눈물이 고였다.

"제발 도망가세요." 그가 속삭였다. "두 분 덕분에 다시 나 자신으로 돌아올 수 있었어요. 제게 브라이언 콜린 램스버텀을 다시 찾아준 건 어떻게 해도 보답할 수 없을 거예요."

나는 "아저씨가 보답할 길은 있어요. 스웨덴에 가게 몇 유로 좀 주세요." 하고 말할 참이었지만, 그는 다시 한 번 소리 죽여 말했다. "어서요! 서둘러요! 그리고 행운을 빌어요!"

그는 코를 훌쩍이더니 군중 쪽으로 돌아섰다. "여러분," 그는 외쳤다. "제 경력이 새로운 단계에 접어들었음을 알려드리게 되어 기쁘게 생각합니다."

"배우 생활 은퇴하려는 거예요?" 누군가가 외쳤다.

"다행이군." 다른 사람이 소리쳤다.

"아니요." 브라이언은 짜증을 억누르며 대답했다. "은퇴하는 게 아닙니다."

모두의 눈이 브라이언에게 쏠린 가운데, 심지어 무장 경찰들도 반 이상이 그가 하는 말을 들으려고 숨죽이며 기다리고 있었다. 할머니와 나는 천천히, 아주 천천히 몇 발씩 뒷걸음쳤다.

경찰들은 전혀 눈치채지 못하는 것 같았다. 그래서 우리는 몇 발 더 움직였다. 그리고 몇 발 더—

"제가 하려는 말은—" 브라이언이 외쳤다.

사람들이 그를 둘러싸고 더 가까이 몰려들었고, 할머니와 나는 고개를 숙이고 옹기종기 모인 사람들을 헤쳐 나갔다.

"저는 영국 사람입니다!"

그 말을 듣고 입을 여는 사람이 아무도 없었다. 사람들은 당황한 듯 서로 두리번거렸다.

"제 진짜 이름은 브라이언 콜린 램스버텀입니다."

할머니와 나는 군중 속에서 뛰쳐나와 거리를 내달렸다. 태그의 몸이 코트 안에서 위아래로 움직였고, 골목을 휙 돌자 발에 자갈이 차였다.

나는 어깨 너머로 뒤를 봤다. 무장 경찰들은 여전히 브라이언을 둘러싼 사람들 주변을 둘러싸고 있었고, 모두 대체 무슨 상황인지 모르겠다는 표정이었다.

"저는 변한 게 없어요!" 브라이언의 목소리가 바람결에 들려왔다. "저는 필립과 같은 사람이에요! 프랑스인이 아니라는 것만 빼면요. 울적한 것도 빼고요. 사실 저는 굉장히 유쾌한 사람이죠."

할머니와 나는 계속해서 파리 뒷골목을 달렸다. 80년간 일한 할머니의 다리를 생각하면 엄청나게 빨리 달리는 셈이었다.

몇 분 후 할머니가 멈춰 서더니 심호흡하며 골목 벽에 기대섰다.

"할머니, 괜찮으세요?"

"잠시 앉았으면 좋겠구나."

할머니는 거리에 있는 벤치를 발견하고는 비틀거리며 길을 건너 벤치로 향했다. 그 모습을 보고 너무나 미안한 마음이 들었다. 나도 이렇게 지치는데 할머니는 얼마나 기진맥진할까?

"아이고," 벤치에 앉으며 할머니가 한숨을 크게 내쉬었다. "앉아서 쉬니 좋구나." 그러고는 눈을 감고 몸을 편히 늘어뜨렸다.

나는 할머니 옆에 앉아 발밑에 배낭을 던져놓고 지난 몇 시간 동안 일어난 일을 곱씹었다. 시계를 보니 저녁 7시 13분이었다. 그러니까 프랑스 시각으로는 8시 13분이겠지. 한밤중같이 느껴졌다. 정말 힘든 하루를 보냈으니까. 다시 배에서 꼬르륵 소리가 났다. 도버해협을 건너며 크리스와 스베틀란카의 배에서 비스킷, 케이크를 먹은 이후로 정말 너무 오랫동안 아무것도 먹지 못했다.

순간 어떤 단어가 떠올랐다.

"아, 케이크!"

나는 칼레에서 작별할 때 스베틀란카가 준 케이크 조각을 코트 주머니에서 꺼냈다. 랩을 벗기고 케이크를 조금씩 베어 물자 꼬르륵 소리가 줄어들었다. 태그가 음식 냄새를 맡고 요란하게 짖어댔다. 그래서 한 조각 떼어 태그한테 줬다.

우리는 에펠탑에서 몇 블록 떨어진 곳에 있었지만, 휘황찬란하게 빛나는 모습이 잘 보였다. 꼭대기에 걸린 열기구도 보였다.

밝은 불빛이 밤하늘 곳곳을 수놓고 있었다. 왜 이렇게 많은 사람들이 이곳으로 휴가를 오는지 충분히 이해가 되었다. 정말 아름다운 도시였다.

케이크를 먹으며 경치를 구경하고 있는데 한 노부인이 벤치로 다가왔다. 그토록 이상하게 행동하지 않았더라면 전혀 눈치채지 못했을 것이다. 노부인은 조스 할머니보다 작았지만, 나이는 거의 같아 보였고 부스스한 백발도 할머니와 똑같았다. 노부인은 검은색 서류 가방을 꼭 쥐고 우리 벤치 근처를 서성이면서 주변을 초조히 둘러봤다.

잠시 후 할머니가 번쩍 눈을 떴다.

"저기요, 할머니." 나는 슬쩍 노부인을 가리키며 속삭였다. "저기 할머니처럼 생긴 분이 있어요."

"어디?"

"제 뒤요."

할머니가 뒤쪽을 보더니 고개를 저었다.

"아무도 없는데?"

나는 휙 뒤돌아서 "안경이 필요하신 것 같아요, 할머니." 하고 말하려다가 노부인이 사라진 걸 알았다.

"정말 이상하네요. 방금 저기 있었는데."

"그렇구나." 할머니가 한숨을 쉬고는 파란 눈을 깜빡이며 나를 봤다. "자, 이제 어떻게 하면 스웨덴에 갈지 생각해보자꾸나. 되도록 사고 없이 말이다."

케이크 한 조각을 할머니한테 내밀었지만, 할머니는 고개를 저었다. 나는 케이크를 랩으로 싸서 주머니에 도로 넣었다. 그리고 손가락으로 세어봤다. 노벨상 시상식이 열리기 전에 우리가 스톡홀름에 도착하기까지 16시간이 남았다. 쓸데없는 모험을 할 시간은 없었다.

그런데 그 순간 우리 등 뒤를 뭔가가 찌르는 느낌이 들었다.

"움직이지 마." 으르렁거리는 듯한 목소리가 들려왔다.

무슨 일인지 궁금해서 뒤돌아보려 했지만, 등 뒤에 뭔가가 더 꾹 눌리는 느낌이었다.

"일어나." 낮은 목소리가 울렸다.

음, 정말 당황스러웠다.

"움직이지 말라고 그랬잖아요."

"건방 떨지 마. 일어서!" 서투른 영어로 남자 목소리가 말했다.

할머니와 나는 공포에 질려 서로 바라봤다. 할머니가 고개를 끄덕였고 우리는 천천히 일어서서 뒤돌아봤다. 정장을 차려입은 건장한 대머리 남자가 총을 겨누고 있었다.

나는 침을 꼴깍 삼켰다. 내 인생 12년 동안 이런 일은 단 한 번도 겪은 적도, 본 적도 없었다.

"도, 도대체 뭘 원하는 거죠?" 할머니가 물었다.

남자가 도로 경계석 옆에 주차된 차 쪽을 가리키며 총을 흔들었다. 까맣게 선팅 된 매끈한 은색 차가 서 있었다.

"타." 남자가 단조롭고 풀기 없는 목소리로 말했다.

태그가 코트 안에서 으르렁거렸다. 이번엔 태그가 그를 물었으면 하는 마음이 들었다. 하지만 나는 순순히 배낭을 집어 들었다.

"어딜 가는 거예요?"

남자의 입술이 비웃음으로 말려 들어갔다.

"룰렌스카는 너희들 때문에 기분이 안 좋아."

그가 능글맞게 웃었다. 뺨에는 커다란 흉터가 있었다. 그 상처가 어떻게 해서 생겼는지 상상하고 싶지도 않았다.

그런데… 룰렌스카? 아는 사람 중에 그런 이국적인 이름을 가진 사람은 없었다.

야수 같은 남자가 차 뒷문을 열고 할머니와 나를 밀어 넣었다. 이럴 바에는 무장 경찰을 따라가는 게 훨씬 낫지 싶었다.

우리가 뒷자리에 앉자 남자가 내 얼굴에 손을 들이밀었다. 내 코 몇 센티미터 앞으로 털이 무성한 손가락이 다가왔다.

"전화기."

"뭐, 뭐요?"

"전화기 내놔." 그가 비웃듯 말했다. "없는 척하지 말고."

나는 멜빵바지에서 휴대폰을 꺼내 남자한테 건넸다. 부모님께 온 전화를 얼마나 많이 놓쳤을까를 생각하니 두려웠다. 그러자 죄책감이 밀려왔다. 엄마랑 아빠가 우리가 어디서 무슨 일을 당하는지 안다면 좋을 텐데.

남자가 할머니한테 손가락을 까딱했다.

"전화기 내놔."

"아, 할머니는 전화기 없어요. 하나 만들어 드리려고는 했었어요. 할머니를 뵈러 요양원에 갈 때 할머니한테 전화할 수 있으니까요." 쓸데없는 소리라는 걸 알았지만, 멈출 수가 없었다. 너무 긴장했기 때문이다. "아시겠지만 엄마랑 아빠는 인터넷이 되는 최신 휴대폰은 안 사줄 거예요. 그랬다간 요금 폭탄을 맞아서—"

"그만!" 총을 든 남자가 소리쳤다. "입 닥쳐." 그러고는 조수석 문을 닫으며 씩씩거렸다. 그는 운전사한테 몇 마디 했지만 무슨 말인지 들리지 않았다.

남자가 우리를 마지막으로 쏘아보고는 버튼을 눌러 앞좌석과 뒷좌석 사이에 유리 칸막이를 세웠다.

"저기요!"

나는 소리치며 유리 칸막이를 두들겼지만 아무 소용 없었다. 그건 완벽한 방음 유리였다. 필사적으로 문손잡이를 돌리려 해봤지만 헛수고였다.

"우린 갇혔어요!"

차가 삐익 소리를 내면서 도로 경계석을 떠나 파리 거리의 차들 사이로 섞여 들어갔다. 나는 침을 꿀꺽 삼켰다. 룰렌스카라는 여자는 누구지? 우리한테 대체 무슨 짓을 하려는 거지?!

할머니가 나를 달래듯 손을 토닥여줬다.

"다 괜찮을 거야, 마틸다. 결국 다 괜찮아질 거야. 만일 그렇지 않다면, 그건 아직 끝이 아닌 거지. 네 할아버지가 그렇게 말하곤 했거든."

그래도 평정을 유지하는 할머니가 곁에 있어서 다행이었다. 나는 태그의 머리를 쓰다듬으며 말했다.

"괜찮아, 강아지야. 괜찮아질 거야."

실은 나 자신을 위해 하는 말이었다. 할머니 앞에서 겁먹은 것처럼 보이고 싶지 않았다.

그렇지만 까맣게 선팅 된 차창 밖으로 휙휙 지나가는 파리의 환한 거리를 보니, 더군다나 어디로 가는지, 무엇이 우리를 기다리는지 모르는 상황에서, 속이 울렁거리는 느낌은 어쩔 수 없었다. 집이 그리웠다. 부모님과 켄트에 있는 주차 위반 딱지 박물관으로 가는 지루한 여행이 백배 낫겠다는 생각만 들었다. 켄트 박물관에는 '즐겁게 지내요!'라는 표어가 붙어 있지, 지금처럼 우리한테 총을 겨눈 남자와 같이 차를 탈 일은 없으니까.

19

대체 딸은 어디로?

나는 부모님을 사랑하지만, 부모님은 모험과는 너무도 거리가 먼 사람들이었다. 우리는 매주 토요일이면 슈퍼마켓에 가서 대대적으로 장을 봤는데, 모두에게 필요한 걸 카트에 담은 후 각자 하나씩 사고 싶은 걸 샀다. 나는 〈내셔널 지오그래픽〉 잡지나 초코파이나 장난감 안경 등 그때그때 사는 게 달랐지만, 부모님은 항상 같은 걸 골랐다. 엄마는 라벤더 향이 나는 티슈, 아빠는 무화과 한 상자. 매주 똑같았다.

그렇지만 절박한 상황에는 절박한 조처가 필요하다.

내가 보낸 문자 메시지 덕분에 조스 할머니와 내가 살아 있다는 걸 알았지만 수없이 전화해도 통화할 수 없자, 아빠는 직접 나서야 할 때라고 생각했다.

부모님은 아침 내내 아노스 얌의 거리를 뒤지다가 도버 항으로 가서 우리가 나타나길 기다렸다. 물론 우린 나타나지 않았다. 그러자 다시 집으로 가서 여권과 소지품을 챙기고 한 시간 내에 프랑스로 가는 페리에 올라탔다.

부모님은 전에 이런 적이 한 번도 없었다. 부모님은 내가 가출한 것에 화가 났지만, 한편으로는 마음속 깊이, 아주 깊이 이 모든 일이 꽤 흥미진진하다는 사실을 얼마간 인정했다. 아슬아슬한 삶을 사는 기분이란 바로 이런 것이다!

하지만… 페리는 아직 도버해협을 건너고 있었고, 엄마와 아빠는 갑판에 서서 도버 항의 희미해지는 불빛을 바라보며 어린 딸이 대체 어디로 갔을지 궁금해했다.

20

국경을 넘다

스톡홀름까지 1,111킬로미터

그 어린 딸은 총을 겨눈 남자의 차에 올라타 있었다.

우리는 몇 시간 정도 차를 타고 갔다. 파리의 밝은 거리가 사라지고 교외의 시골길이 나타났다. 좀 전에 차가 검문소 앞에 섰지만, 별다른 질문 없이 그냥 가라고 손짓했다. 아마 국경을 건너 벨기에를 달리는 게 분명했다. 아니면 독일이거나 룩셈부르크일 수도 있겠지. 아니면 상황이 정말 안 좋게 돌아가고 있다면 화물선에 실려 중남미의 벨리즈로 가는 걸지도.

나는 눈을 감고 찬찬히 생각해보려 했다. 한편으로는 죽음을 향해 간다는 생각이 들어서 무서웠다. 그러나 또 한편으로는 이런 생각이 들었다. 룰렌스카가 어떤 이유에서든 우릴 죽일 생각이라면, 정장 입은 남자를 시켜 파리에서 바로 죽이면 그만 아닌가? 룰렌스카가 직접 죽이려는 게 아니라면.

쉴 새 없이 생각이 꼬리를 물다가 백지 상태가 되어버렸다. 완전히 지쳐버린 탓이었다. 할머니를 따라 잘 수 있을 때 자두는 게 나을 것 같았다.

놀라서 잠에서 깼다. 달콤했던 3초간 나는 아노스 얌의 집으로 돌아가 안락한 침대 위에서 아인슈타인 얼굴이 그려진 이불을 덮고 있었다. 그러다가 무슨 일이 있었는지 기억났다.

눈을 비비고 잠에서 깨어나 창밖을 바라봤다. 우리는 어느 도시에 있었다. 차로 꽉 막힌 거리를 지나면서 높은 빌딩들이 우리 앞에 우뚝 서 있는 게 보였다. 거리의 바와 레스토랑에서는 시끌벅적한 소리가 들렸다.

전체가 유리로 되어 있고 모서리가 날카롭게 생긴 아파트 앞에 차가 멈췄다. 중산모를 쓴 남자가 차 문을 열어줬다. 나는 살며시 할머니를 깨우고 차에서 내리는 걸 도와드렸다. 시계를 보니 밤 11시 37분. 프랑스 시각으로는 12시 37분이었다. 계속 프랑스에 있다면 말이지.

총을 든 건장한 남자가 총을 치웠지만, 우리를 아파트로 안내하면서 여전히 잡아먹기라도 할 듯 노려봤다. 대리석 바닥에 딸깍딸깍 발소리가 났다. 근사한 예술 작품이 벽면을 장식하고 있었다. 구석구석 참 고급스러운 느낌이 나는 곳이었다. 리츠 호텔에 가본 적은 없지만, 이곳에 비하면 낡은 숙박시설처럼 보일 게 분명했다.

엘리베이터가 꼭대기까지 올라가자 땡! 소리와 함께 멈췄다.

"펜트하우스 스위트룸이지." 건장한 남자가 말했다.

엘리베이터가 열리자 지금까지 본 것 중 가장 멋진 방이 나타났다. 바닥에는 흑백 타일이 깔려 있었다. 구석에는 그랜드 피아노도 있었다. 바닥에서 천장까지 나 있는 창문은 길이가 방 크기만 했고, 어떤 도시에 있는지 몰라도 이 도시에서 가장 훌륭한 경치를 보여주는 것 같았다.

창문 앞 달걀 모양 의자에 화려하게 차려입은 여자가 앉아 있었다. 타는 듯한 붉은색 머리의 여자는 거기에 어울리는 붉은 립스틱과 매니큐어로 치장하고 있었다. 몸에 착 붙는 검은색 드레스 위 어깨 부분에는 엄청난 크기의 다이아몬드 브로치가 달려 있었다.

여자는 어딘가 친숙해 보였지만, 당연히 전에 만난 적은 없었다. 이 사람이 룰렌스카겠군. 그녀의 무릎에는 하얀 털 뭉치 같은 고양이가 발을 핥으며 호박색 눈으로 우리를 바라봤다.

"프랑수아 베르트랑 박사," 룰렌스카가 억양이 강한 목소리로 말했다. "당신을 기다리고 있었어요—"

그녀가 말을 끝맺기도 전에 고양이가 그녀 무릎에서 펄쩍 뛰어오르더니 내 쪽으로 깡충깡충 뛰어왔다.

"코소보!" 그녀가 놀라서 외쳤다.

태그가 내 코트 안에서 조용히 으르렁거렸다. 태그는 고양이의 생김새가 마음에 안 드는 모양이었다. 나는 고양이 주인의 생김새가 마음에 들지 않았다.

할머니가 앞으로 나서서 룰렌스카에게 호소했다.

"좀 오해가 있는 게 아닌가 싶네요. 난 당신이 찾는 프랑수아 베르트랑 박사가 아니에요. 난 조스 무어 박사입니다. 그리고 얘는 내 손녀 마틸다고요."

룰렌스카가 우리 둘을 유심히 바라봤다. 잠시 후 부드러운 목소리로 그녀가 물었다.

"서류 가방은 어디 있죠?"

"무슨 서류 가방요?" 할머니가 놀라 물었다.

머릿속에서 뭔가가 찰칵, 하면서 상황이 이해되었다.

"다른 노부인이 있었어요." 나는 천천히 냉정함을 되찾으며 말했다. "저 아저씨가 우릴 데려오기 전에 우리 근처에 서 있었죠. 딱 우리 할머니처럼 생겼더라고요. 그리고 그분은 서류 가방을 들고 있었어요."

내 말을 못 믿겠다는 듯 룰렌스카가 눈살을 찌푸렸다.

"그럼 내 다이아몬드는 어디 있는 거지?"

그러고는 한숨을 쉬었다.

"다이아몬드요?" 이건 너무나 흥미진진한 일이 아닐 수 없었다. "무슨 다이아몬드요?"

"난 다이아몬드 딜러란다." 룰렌스카가 사무적으로 말했다. "업계 최고의 실력자라 배신당하면 바로 알아채지. 내 다이아몬드 꾸러미 하나가 지난주에 사라졌는데, 내 라이벌 중 하나인 프랑수아 베르트랑 박사가 개입됐다는 정보를 얻었어."

나는 그제야 무슨 상황인지 확실히 깨달았다.

"우리 할머니를 베르트랑 박사라고 생각해서 잡은 거군요. 그럼 이제 우리 할머니가 베르트랑 박사가 아니란 걸 알았으니 우릴 보내주면 되겠네요!"

룰렌스카가 작게 웃음을 터뜨렸다.

"그렇게는 안 되겠는데. 네 말이 맞다 하더라도 너희를 처리해야겠어. 너무 많은 걸 알고 있거든."

"하지만 다 털어놓은 건 바로 당신이잖아요! 얘기 안 해줬다면 우린 아무것도 몰랐을 거라고요!"

"넌 내가 어디 사는지 알잖니." 룰렌스카가 어깨를 으쓱했다. "경찰서에 갈 수도 있겠지. 나를 찾아내려는 사람들이 많으니까." 그녀는 목을 가다듬었다. "보다시피 내가 항상 법에 따라 일 처리를 하는 건 아니거든."

"경찰서에 안 가요! 그냥 우릴 보내줘요!"

룰렌스카는 아랑곳하지 않았다. 그녀는 휙 돌아서더니 창문 쪽으로 걸어가 세상에 근심 걱정 하나 없는 사람처럼 바깥 경치를 바라봤다. 두 사람을 죽이라고 명령한 사실 따윈 전혀 안중에도 없는 것 같았다.

"안 돼요!" 나는 비명을 질렀다. "억울하다고요!"

그러는 내내, 전에 룰렌스카를 본 것 같은 느낌을 떨칠 수가 없었다. 아, 어디서 봤더라? 너무 익숙한 얼굴이었다.

내 뒤에서 총의 안전장치가 딸깍 하고 풀리는 소리가 들렸다.

할머니가 눈을 질끈 감았다. "사랑한다, 마틸다." 할머니가 속삭였다.

마틸다 무어의 흥미진진한 사실 #7

인간의 뇌는 매초 1,100만 비트의 정보를 전송하지만,
인식하는 건 40비트뿐이다.
(나는 내 머릿속 어딘가에 답이 있다는 걸 알았다.
생각이 필요할 뿐이었다.
우리 목숨은 그 생각에 달려 있었다.)

별안간 생각이 번뜩였다. 고양이 이름은 코소보. 룰렌스카는 익숙한 얼굴. 룰렌스카라는 이름도 익숙한 이름. 그렇다면—

야호! 알았다!

"스베틀란카!"

룰렌스카가 충격으로 숨이 턱 막히는 듯한 소리를 내자 정장 입은 남자가 멈칫했다.

"내 여동생인데!" 그녀가 낮은 소리로 말했다. "네가 어떻게?"

"오늘 아침에 배에 같이 있었거든요! 스베틀란카 아줌마가 우릴 도버에서 칼레로 태워다주셨어요. 남편인 크리스 P. 덕 아저씨랑 같이요."

룰렌스카가 얼굴을 찌푸렸다.

"크리스피 덕?"

그녀는 이 모든 걸 믿을 수 없다는 듯 나와 할머니를 봤다.

"아니야. 그럴 리가 없어. 넌 인터넷에서 찾아보고 얘기를 지어냈겠지. 살아보겠다고 꾸며낸 거지."

"저 사람이 내 휴대폰 갖고 있잖아요!" 나는 정장 입은 남자를 가리켰다. "저 휴대폰으론 인터넷을 할 수 없다고요!"

룰렌스카가 부하에게 손가락을 까딱했다.

"베르트랑 박사의 사진을 보여줘."

부하가 정장 재킷 주머니에서 사진 하나를 꺼냈다. 거리를 걸어가는 부스스한 백발 노부인의 흐릿한 모습으로는 얼굴을 제대로 알아보기 어려웠다. 룰렌스카가 사진을 보더니 다시 할머니를 봤다. 망설이는 게 분명했다.

"우리 말을 믿어주세요. 당신 여동생을 안다니까요! 스베틀란카 아줌마는 코소보에서 영국으로 오게 된 얘길 전부 해줬어요. 당신이랑 헤어지게 된 얘기도요. 우리한테 굉장히 잘해주셨는데. 차랑 커스터드 크림 비스킷도 주시고—"

나는 뭔가를 기억해내고는 숨을 헐떡였다. 그럼 그렇지! 나는 재빨리 주머니에서 케이크 조각을 꺼내 룰렌스카한테 내밀었다.

"올가 할머니의 비밀 레시피로 만든 과일 케이크예요!"

룰렌스카가 중심을 잡으려고 의자 등받이를 붙잡았다. 그녀는 랩으로 싼 모서리 부분을 벗겨서 케이크를 베어 물었다. 잠시 후 그녀의 눈에 눈물이 고였다.

"정말 믿을 수가— 도저히 믿을 수가 없구나."

그녀는 깊은 한숨을 쉬더니 할머니와 내 팔을 잡고 방 반대편에 있는, 한 번도 안 쓴 듯 깨끗한 유리가 놓인 식탁으로 데리고 갔다.

"정말 먼 길을 왔군요." 그녀는 우리 둘을 보며 말했다. "배가 고플 텐데, 식사하면서 그간의 얘기를 듣고 싶군요."

그렇게 해서 우리는 가까스로 유럽에서 지명수배자 1순위의 손에 죽을 뻔한 고비를 넘겼다. 천만다행이었다.

나는 룰렌스카한테 우리가 스웨덴으로 가게 된 사연을 얘기했고, 그녀는 계속해서 맛있는 음식을 가져오라고 명령했다. 할머니와 나는 너무나 배가 고파서 코를 박고 먹어댔는데, 메뉴를 소개하자면 이렇다.

자우어크라우트(독일식 양배추 절임)

크뇌델(고기 완자)

피시브로첸(생선 샌드위치)

브라트부어스트(석쇠에 구운 소시지)

쿠리부어스트(커리 소시지)

그리고… 햄버거도 있었다.

"국민 요리지." 룰렌스카가 웃었다. "우리가 프랑스를 떠난 이후로 쭉 먹던 것들이야."

나는 그 말에 귀가 쫑긋했다.

"함부르크! 혹시 독일까지 우릴 태워다주실 수 있나요?"(햄버거는 독일 함부르크에서 유래했다:옮긴이)

룰렌스카가 고개를 까딱거렸다. “당분간은 여기 숨어 있을 생각이다.” 그녀는 조용히 말했다. “프랑스에 있는 골칫거리가 사라지기 전까지는.”

“그럼 혹시, 우릴 기차역에 내려주실 수 있나요? 그리고 유로화도 좀 빌려주실 수 있나요? 스웨덴 행 야간열차가 있나 알아보려고요.”

룰렌스카가 빙긋 웃더니 몸을 숙여 식탁 밑의 코소보를 쓰다듬어줬다. 코소보는 즐거운 듯 태그와 함께 감자 요리 한 접시를 나눠 먹고 있었다.

“그 이상도 가능하지.” 그녀가 기분 좋은 목소리로 말했다. “스톡홀름까지 데려다줄 수도 있지.”

“정말요?” 할머니가 물었다. “정말 친절한 분이군요.”

룰렌스카는 아무것도 아니라는 듯 어깨를 으쓱했지만, 꽤 감동받은 얼굴이었다.

“할머니에 관한 좋은 추억과 오래도록 못 만난 여동생 소식을 전해줘서 고마워요.”

정장 입은 남자가 앞으로 나오더니 룰렌스카한테 프랑스어로 뭐라고 얘기했다.

“그래, 좋아.”

룰렌스카가 할머니와 나를 보더니 한숨을 지었다.

“나한테 선약이 있다는군요.”

정장 입은 남자는 룰렌스카의 보디가드이자 청부살인업자이자 일정을 책임지는 비서인 듯했다. 뭐 그다지 부럽지는 않았다.

"사실은 서커스에 가야 하는데, 같이 가실래요?"

나는 뱃속에서 올라오는 트림을 억누르며 접시를 멀리 밀어냈다.

"고마워요, 아줌마. 하지만 우린 이만 떠났으면 좋겠어요. 시간이 별로 없거든요."

룰렌스카가 시계를 확인했다.

"아직은 괜찮아. 기사를 시켜서 일찍 출발할 수 있게 해놓을게. 다이아몬드의 행방을 아직 알 수가 없어서 동업자랑 얘기해봐야 해."

"서커스장에서요?"

룰렌스카가 의자를 뒤로 빼더니 코소보를 팔에 안아 올렸다.

"거기서 바로 떠날 수 있도록 해둘게."

할머니가 나를 보며 '우리가 어쩌겠어?'라는 식으로 어깨를 으쓱했다. 그건 사실이었다. 룰렌스카의 도움 없이는 스웨덴에 갈 수 없으니, 그녀와 함께 가는 수밖에.

그래도 열기구 착륙 같은 사고를 걱정할 필요 없이 화려한 은색 차를 타고 노벨상 시상식장에 갈 수 있지 않은가. 게다가 코소보 갱단 손에 죽을 일도 없어졌고 햄버거도 한껏 얻어먹었으니!

상황이 좋아지고 있었다.

21

사자와 서커스

나는 서커스에 가본 적이 한 번도 없었다. 부모님은 광대가 커스터드 파이를 상대 얼굴에 던지는 걸 구경하는 게 그리 교육적이라 생각하지 않았다.

서커스는 함부르크 교외의 널따란 들판에서 열렸다. 다양한 크기와 색깔의 각종 텐트가 여기저기 보였고 공연자들이 지내는 캠핑카와 동물들이 갇힌 우리, 그리고 먹을거리와 음료수를 파는 가판대가 있었다.

룰렌스카를 따라 사람들을 헤치고 지나가는데 다들 말이 없었다. 다들 룰렌스카가 누군지, 무슨 일을 하는 사람인지 아는 듯했다. 그녀를 따라다니면서 나는 침을 꿀꺽 삼키지 않을 수 없었다.

우리는 가장 좋은 자리로 보이는 곳에 안내받았다. 불이 꺼지자 할머니와 나는 감탄하며 광대의 공연을 구경했다. 널빤지 한 장을 서로 사이에 두고 머리로 들이받거나 반짝이가 든 통을 관객들에게 뿌린다든가 하는 익숙한 레퍼토리였다. 그다음으로는 공중그네와 줄타기 곡예사들이 15미터 높이에서 단 한 번의 흔들림 없이 놀라운 묘기를 펼쳤다. 우리는 이미 열기구 사건을 겪은 터라 더욱 아찔하게 느껴졌다.

그래도 내가 제일 맘에 든 건 자유자재로 몸을 구부리는 곡예사였다. 광대가 캐리어를 들고 나왔다. 잠시 후 모두가 숨죽여 지켜보는 가운데 캐리어가 덜거덕거리기 시작했다. 이윽고 캐리어가 열렸다. 거기서 다리 하나가 튀어나왔다. 그다음 반대쪽 다리가, 이어서 두 팔이, 몸통이, 그리고 머리가 차례로 나왔다. 곡예사가 몸을 펴고 일어서자 열광적인 박수가 쏟아졌다. 그녀는 고개 숙여 인사했고, 보석이 장식된 딱 붙는 타이츠가 어둠 속에서 반짝였다.

박수하느라 손바닥에 감각이 없어질 정도였다. 할머니가 너무 행복해하는 모습을 보니 훈훈한 느낌이 온몸에 퍼졌다. 요양원에서 직소 퍼즐을 하는 것과는 비교가 안 되는 행복이었다. 설령 스웨덴에 가서 스모크 교수의 얼굴에서 거만한 웃음을 거둬내지 못하더라도, 최소한 할머니한테 멋진 모험을 선물한 셈이었다. 우유 배달차와 페리, 열기구, 유명 영화배우, 무장 경찰에 화려한 서커스까지, 이 예측 불가능한 모험 말이다.

더군다나 쇼가 끝나고 룰렌스카가 서커스단장을 만나러 간 후, 할머니와 나는 동물들과 공연자들을 만날 수 있는 무대 뒤에까지 초대받았다. 무대 뒤는 그야말로 진짜 쇼가 펼쳐지는 곳이었다.

불을 삼키는 묘기를 부리는 사람들이 키다리 피에로들과 잡담 중이었고, 체조 선수가 햄버거를 먹는 동안 드러머는 옆에서 봉고를 치고 있었다. 공중그네 곡예사는 코끼리한테 땅콩 한 봉지를 먹이고 있었다. 아가씨들은 구석에서 칼 삼키기 연습을 했다.

그 순간 사육장에서 엄청나게 크게 으르렁대는 소리가 울려왔다. 할머니와 나는 공포에 사로잡혀 서로 쳐다봤다. 저 사자가 공연자들처럼 무대 뒤를 어슬렁대면 어쩌지.

또다시 으르렁대는 소리가 들렸다.

태그가 내 품 안으로 뛰어들었다. 나는 태그를 다시 코트 안주머니에 넣고 주머니에 목줄을 쑤셔 넣었다.

"저 사자는 괜찮은 걸까요?" 할머니가 옆 사람에게 물었다. "좀 화난 것 같아서요."

옆에 있던 사람은 안타깝게도 흑백 스트라이프 의상에 검은색 베레모를 쓴 마임 공연자였다. 그는 어깨를 으쓱하기만 할 뿐 전혀 도움이 되지 않았다.

광대 하나가 무대 뒤로 뛰어 들어오더니 자포자기한 듯 머리 위로 손을 마구 흔들어댔다.

"수의사 좀 불러봐요!" 그가 독일어 억양으로 고함쳤다. "샘슨이 죽어가요! 죽게 내버려둘 순 없어요. 샘슨은 우리 쇼의 스타라구요. 다들 샘슨을 사랑하잖아요!"

할머니가 광대의 팔에 가만히 손을 올려놓았다.

"날 샘슨한테 데려다주세요." 할머니가 말했다. 광대만큼이나 나도 놀랐다. "난 50년간 수의사의 아내로 살았답니다. 이것저것 주워들은 게 좀 있어서요."

"어," 광대가 중얼거렸다. "그러시면 안 될 것 같은데—"

할머니가 가슴을 펴고 똑바로 서더니 붉은색 외투를 걸쳤다.

"난 조슬린 무어 박사이고 왕립학회, 왕립지리학회, 왕립천문학회의 회원입니다. 천체물리학자이고 1987년 올해의 타임스 십자말풀이 챔피언이죠. 기록이 깨끗한 정식 운전면허증이 있고 왕립동물학대방지협회의 정식 구독 회원이기도 하답니다."

광대가 놀라서 입을 딱 벌렸다. 잠시 후 그가 머리를 흔들더니 손을 내밀었다.

"저는 프레데릭이라고 합니다. 따라오시죠."

그는 할머니를 무대 뒤로 안내했고 나는 서둘러 뒤를 따랐다.

사육장 뒤편에 커다란 철창 우리가 두 개 있었는데, 다 자라서 황금색 갈기가 아주 늠름한 사자가 각각 안에 있었다. 하나는 바닥에 누워 게으르게 발을 할짝대며 꼬리를 이리저리 흔들었다. 우리가 철창 우리에 다가가자 다소 호기심 어린 눈빛으로 바라봤다. 나는 철창이 아주 튼튼하길 기도했다.

다른 사자는 바닥에 힘없이 몽롱한 눈빛으로 누워 있었다. 입이 크게 벌어진 채 입술 주위에 거품이 묻어 있었다.

할머니가 그 사자를 쓱 보더니 말했다. "자세히 살펴보려면 마취해야 할 것 같아요. 진정제 같은 게 있나요?"

프레데릭이 상자를 꺼냈다. 거기서 커다란 조명탄 총을 꺼내더니 긴 원통형 화살을 그 안에 장전했다.

할머니가 총을 건네받고는 접안렌즈에 왼쪽 눈을 대고 방아쇠를 당겼다. 나는 속으로 '사냥꾼'이나 '명사수'를 할머니의 성취 목록에 덧붙일 수 있겠다 싶었다.

진정제가 묻은 화살이 다리에 박히자 사자는 순식간에 잠들었다. 할머니는 우리 옆에 총을 세워두고 프레데릭한테 문을 열라는 신호를 보냈다. 할머니는 우리 안에 들어갈 생각이었다.

마틸다 무어의 흥미진진한 사실 #8

적혈구 하나가 온몸을 완전히 도는 데 60초가 걸린다.

(할머니가 사자 우리에 들어갈 때 내 몸속의 모든 적혈구가

내 귓속으로 돌진해 오는 기분이었다.

사자가 잠들었건 아니건 위험한 일이니까.)

프레데릭이 자물쇠에 열쇠를 넣어 돌리자 우리 문이 열렸다. 그 순간 내 휴대폰이 울렸다. 주머니에서 휴대폰을 꺼내니 '아빠'라는 이름이 화면에 떴다. 얼마나 오래 아빠 연락을 멀리했는지 기억나지 않았다.

나는 무거운 마음으로 통화 버튼을 눌렀다.

"여보세요?"

"마틸다!" 아빠가 소리쳤다. "어디 있는 거니?"

"음," 나는 사자 옆에 무릎을 꿇고 있는 할머니를 보며 말했다. "좀 복잡해요."

"괜찮은 거니?"

나는 다시 사자를 봤다.

"네."

"마틸다, 지금 어디 있는지 말해주렴."

"서커스장이에요. 함부르크에 있어요."

아빠의 목소리가 변한 건 바로 그 순간이었다.

"생각해봐라, 마틸다." 아빠가 화를 내며 말했다. "장난은 그만 치고 지금 어디 있는지 말하려무나."

아빠는 내가 거짓말을 한다고 생각하는 모양이었다.

"이미 말했잖아요! 할머니는 지금 사자를 살펴보는 중이고—"

"마틸다, 거짓말 그만해."

"거짓말 아니라니까요!"

"난 경고했다."

이제 지긋지긋했다. 아빠가 들을 마음이 없고 자꾸 나를 거짓말쟁이로 몰아가는데 왜 통화를 계속해야 하지? 아빠는 우리가 살아 있다는 걸 확인했다. 그럼 된 거 아닌가?

"아빠, 우린 잘 지내고 좀 있다 스톡홀름에 가서 12시에 있을 노벨상 시상식에 참석할 거예요. 그것만 아시면 돼요."

그렇게 말하고 나는 거칠게 통화 종료 버튼을 눌렀다.

그때 할머니가 소리쳤다. "단장을 불러줘요."

즉시 프레데릭이 무대 뒤에서 노닥거리는 공연자들을 헤치고 달려 나갔다.

"할머니, 괜찮아요?"

나는 혹시나 사자가 깬 건 아닌지 싶어 우리 안을 확인했다. 다행히 여전히 거친 숨소리만 들려왔다.

"괜찮다, 애야." 할머니가 대답했다. "우리 옆에 있어주기만 하면 된단다."

몇 분 후 중산모를 삐뚜름하게 쓴 단장이 우리 쪽으로 헐레벌떡 달려왔다. 룰렌스카와 코소보, 그리고 잔인하게 생긴 그녀의 부하가 바로 뒤에 따라왔다.

단장이 급히 우리 안으로 들어가더니 사자 옆에 무릎을 꿇고 앉았다. 그의 빨간색 외투 자락이 뒤로 펄럭였다.

"대체 무슨 일이죠?" 그가 걱정스러운 얼굴로 물었다.

"사자가 독에 중독된 것 같아요." 할머니가 대답했다.

모여든 사람들이 놀라서 헉하는 소리가 크게 울렸다.

"확실합니까?" 단장이 물었다.

할머니가 고개를 끄덕였다.

"살펴보니 최근에 중독된 것 같아요. 그 때문에 비틀거리고 졸렸을 거예요. 사자한테 석탄을 좀 줘보세요. 독과 결합해서 혈액 속에 독이 더 퍼지는 걸 막아줄 겁니다. 그리고 다시 제대로 움직이려면 항생제를 먹여야 할지도 몰라요."

단장이 고맙다는 표시로 할머니의 손을 두드리고는 일어섰다.

그는 우리 밖으로 나와서 중산모를 고쳐 썼다.

"아무도 움직이지 마!" 그가 고함쳤다. 다들 그의 말에 얼어붙었다. "내 사자한테 이런 짓을 한 놈이 누구든 여기 있겠지!"

아무도 말이 없었다. 나는 소리라곤 바람 소리뿐이었다.

나는 손을 번쩍 들었다.

"저기, 저희는 가도 될까요? 아침까지 스웨덴에 가야 하거든요."

단장이 고개를 저었다.

"안 되지. 아무도 움직이면 안 돼."

나는 당황해서 할머니를 쳐다봤다. 대체 이건 또 무슨 상황이란 말인가.

"하지만 우린 이거랑 아무 관계도 없는걸요!"

단장이 사람들을 둘러보다가 내 옆에 서 있는 룰렌스카에게 시선이 멈췄다. 그는 생각에 잠긴 듯 턱을 톡톡 두드렸다.

"글쎄, 그건 알 수 없지."

22

다시 기차역으로

모두 조용히 서로를 쳐다봤다. 룰렌스카가 내 옆에서 초조해하는 게 느껴졌다. 그녀 뒤에서 부드럽게 딸깍, 하는 소리가 들렸다. 흘깃 보니 룰렌스카의 보디가드가 총에 손을 갖다 대고 맞설 준비를 하고 있었다.

서커스장에 있던 차력사가 상황을 예상하고는 관절을 꺾었다. 광대들은 물이 찍 나오는 플라스틱 꽃을 들고 준비 태세에 나섰다. 코끼리는 사람들 머리에 땅콩을 뿌릴 기세였다.

그리고—

별안간 커스터드 파이가 무대 뒤를 가로질러 완벽한 곡선을 그리며 날아와 철퍽! 하고 룰렌스카의 발 앞에 떨어졌다. 그녀의 눈썹이 올라갔다. 코소보가 발톱을 쫙 펴더니 크게 쉬익 소리를 내며 가장 가까이에 있는 적을 향해 덤볐다.

가장 가까이에 있는 적은 키다리 피에로였다. 코소보가 달려들자 피에로는 뒤로 넘어지면서 불을 뿜던 여인과 부딪쳤고, 그 바람에 놀란 여인은 불길을 훅 뿜어버렸다.

어쩌다 보니 불길이 저글링을 연습하던 세 명의 곡예사 쪽으로 뻗어갔다. 하필이면 이 저글러들은 특히 칼로 저글링 솜씨를 선보이는 사람들이었다. 날카롭고 끝이 뾰족한 짧은 칼 말이다.

12개의 칼이 공중에서 날아다니자 사람들이 비명을 지르며 흩어졌다. 광대들은 공중그네 곡예사들 쪽으로 세차게 들이받았다. 차력사는 코끼리와 부딪치더니 이내 콧바람으로 쏟아져 나온 땅콩 더미에 파묻혔다. 하늘하늘한 붉은색 드레스에 두건을 쓴 점쟁이는 내 등 뒤에서 정면충돌하면서 쿵 소리를 냈다. 그 바람에 수정 구슬이 땅에 떨어져 내 배낭과 부딪쳤다. 구슬이 산산조각 나는 소리가 들렸다. 아마 그녀는 이런 사태를 짐작하지 못했던 것 같다.

룰렌스카의 부하가 그녀 팔을 잡고는 광란의 도가니에서 빠져나와 날아다니는 솜사탕 막대를 피하며 외발자전거 타는 사람들 사이를 곡예하듯 지나갔다.

"기다려요!" 내가 외쳤지만 룰렌스카는 내 목소리를 듣지 못했다. "기다려줘요!"

광대 분장을 한 프레데릭이 우리 옆에 나타나 조스 할머니의 팔을 잡았다.

"빠져나가도록 도와드리죠." 그가 말했다. "이쪽으로 가시죠."

"하지만 룰렌스카 아줌마가 우릴 스웨덴에 차로 데려다준다고 했는데." 나는 사람들 속에서 그녀를 필사적으로 찾으며 말했다.

"기차역까지 모셔다드릴게요. 거기서 덴마크까지 갈 수 있을 겁니다."

할머니는 공손하게 헛기침하며 말했다. "우린 돈이 없어요. 여권도 없고요."

프레데릭은 잠시 생각에 잠겼다.

"기차에 올라타면 한스라는 차장을 불러달라고 하세요. 한스한테 내가, 프레데릭이 당신들을 보냈다고 하세요. 그럼 안전하게 덴마크까지 데려다주고 스웨덴으로 갈 돈도 충분히 줄 거예요."

나는 미간을 찌푸렸다. 너무 그럴듯해서 믿기지 않았다.

"왜 이렇게까지 해주시는 거죠?"

프레데릭이 어깨를 으쓱했다.

"사자를 구해줬으니까요. 최소한 이 정도는 해야죠. 룰렌스카는 가버렸고, 이제 선택의 여지가 없잖아요. 그러니까 어서요."

그는 우리를 데리고 들판을 가로질러 서커스장 밖으로 빠져나갔다. 그가 신은 광대 신발에서 걸을 때마다 삑삑 소리가 났다.

"여기예요."

쇼에서 봤던 노란색 광대 자동차에 다가가자, 그가 뒷문을 열어줬다. 안에는 여섯 명의 광대가 몸을 웅크리고 싸움을 피해 숨어 있었다.

"음." 나는 난감했다. 다 그 안에 타기엔 너무 좁았다.

"어서 타요." 프레데릭이 우리를 안으로 밀어 넣으며 재촉했다.

할머니와 나, 태그는 뒷좌석에 앉은 6명의 광대 옆에 몸을 구겨 넣었다. 배낭이 어깨를 파고들었다. 곧 다리에 감각도 없어졌다. 한 광대는 다른 광대들 위에 누워 있었다. 이처럼 몸을 구부리고 있으니 유연한 곡예사가 된 기분이었다.

프레데릭이 운전석에 올라타고 페달을 밟기 시작했다. 광대 자동차가 천천히 앞으로 나아갔다.

기차역까지 얼마나 먼지, 덴마크 행 다음 기차가 언제 떠나는지, 목적지까지 얼마나 걸리는지 몰랐지만, 아무래도 훨씬 더 서둘러야 할 것 같았다.

"더 빨리 달릴 수 없나요?" 내 목소리가 뭉개져 나왔다.

"당연히 가능하지." 그가 백미러로 우리를 보며 말했다. "당신들을 돕는 건 내가 할 수 있는 최소한이에요. 우리 사자를 구해줬으니까요. 하지만," 그는 밝고 가벼운 목소리로 덧붙였다. "그대신 작은 부탁 하나 할 게 있어요."

나는 침을 꿀꺽 삼켰다. 역시 너무 그럴듯해서 믿기 어렵더라니! 나는 이 '작은 부탁'이란 말이 마음에 들지 않았다. 전혀 마음에 들지 않았다.

23

덴마크 행 고속 열차

6명의 광대와 우리 일행을 태운 광대 자동차는 황량한 함부르크 도로를 따라 짜증나는 속도로 기다시피 움직였다. 가로등도 없고 오로지 달빛만이 길을 비췄다.

"얼마나 더 가야 해요?"

프레데릭이 저 멀리 허공을 가리켰다.

"거의 다 왔어! 얼마 안 남았어."

조스 할머니는 정면에 시선을 고정한 채 아주 조용히 앉아 있었다. 나는 할머니의 정신력에 감탄했다. 어떤 말도 안 되는 상황이 펼쳐져도 침착함을 유지하는 능력이라니! 지난 20여 시간 동안 할머니에게 놀라운 점이 많다는 걸 깨닫게 됐다.

몇 분 후 프레데릭이 안도한 얼굴로 외쳤다. "다 왔어요!" 그가 차를 멈추며 말했다. "다들 나와요."

말이야 쉽지. 6명의 광대가 굽은 몸을 펴더니 우리 위를 기어갔다. 나는 끙 소리를 내며 문손잡이를 잡고 광대들을 따라 간신히 밖으로 나갔다. 우리는 길가에서 스트레칭을 하며 발목을 돌렸다.

프레데릭이 차 트렁크를 열었다. 광대 한 명이 안에서 기어 나왔다. "뭐?" 그 광대는 늘 이런 식이라는 듯 어깨를 으쓱했다.

프레데릭은 트렁크에서 바퀴 달린 캐리어를 꺼낸 뒤 약간 지퍼를 내렸고 나는 그 안을 들여다봤다.

"헤어드라이어예요? 가위 꾸러미랑 인조 손톱은 또 뭐예요?"

"선물이지." 프레데릭이 말했다. "가족한테 줄 거야. 다들 미용사거든. 좀 무거울 거야. 하지만 이게 내가 말했던 작은 부탁이야."

할머니와 나는 서로 쳐다봤다. 좀 의심스러웠다.

"이걸로 뭘 어떻게 해달라고요?"

"그리 어려운 건 아니고," 프레데릭은 아주 상냥하고 친절하게 대답했다. "기차에서 이걸 좀 맡아달라고."

"도착해서 누구한테 전해줘야 하는데요?"

프레데릭은 사소한 문제라는 듯 손사래를 쳤다.

"그 걱정은 안 해도 돼. 저절로 해결될 거야. 아, 기차 소리가 들리네."

프레데릭이 캐리어를 잡고 역사 계단에 올려놓는 통에 할머니와 나는 서둘러 뒤를 따라갔다. 짧은 나무 플랫폼이 있는 기차역은 작았는데, 선로가 하나뿐이었다. 역무원이나 표 판매기 같은 것도 없었다. 바로 그 순간 코너를 돌아 기차 한 대가 들어왔다. 앞에 '코펜하겐'이라고 쓰여 있었다.

기차가 역으로 들어오자 프레데릭이 소리쳤다.

"저거야."

그는 기차 문에 달린 버튼을 눌러 문을 열고 캐리어에 이어 할머니와 나를 차례로 기차에 올려줬다.

"고마워요." 문이 닫히자 손을 흔들며 그가 외쳤다. "잊지 마세요. 한스를 찾으세요! 그리고 캐리어에서 눈을 떼면 안 됩니다! 행운을 빌어요!"

"행운을 빈다고요?" 나는 프레데릭과 캐리어를 번갈아 보며 외쳤다. "대체 왜 행운이 필요한 거죠?"

그러나 기차는 바로 역을 빠져나갔고 프레데릭과 일곱 광대는 곧 시야에서 사라졌다.

할머니가 위로하듯 내 팔에 손을 얹었다.

"이리 오렴, 마틸다. 앉아서 쉬자꾸나."

할머니는 창가 쪽 4인석으로 캐리어를 밀었다. 객차는 거의 비어 있었다. 짧게 자른 검은 머리의 창백한 여인 하나만 눈에 띄었는데 팔을 감고 올라가는 용 문신이 보였다. 그녀는 뒷좌석에서 노트북을 두들겨댔다.

우리는 자리에 깊숙이 눌러앉았다. 태그가 밖으로 나오려고 낑낑댔다. 코트 단추를 풀자 태그가 내려와 내 발 옆 바닥에 몸을 웅크렸다. 덴마크 행 열차 안에서 목적지에 가까워진다는 생각을 하자 긴장이 풀렸다. 정말 긴 하루였다.

"이걸 타고 몇 시간은 더 가야 할 거다." 할머니가 피로에 지친 나를 보며 말했다. "푹 쉬는 게 좋겠구나."

할머니와 나는 고속 열차의 부드러운 리듬에 편안하고 안락한 기분이 들면서 몇 초 후 잠들었다. 기차는 밤을 가로지르며 쏜살같이 달렸다. 앞으로, 앞으로, 아침이 될 때까지.

24

둘만의 낭만적인 외식

마틸다 무어의 흥미진진한 사실 #9

네덜란드에 사는 5조 마리의 거미가 곤충이 아닌

인간을 먹으려 달려든다면

단 3일 안에 1,670만 명의 네덜란드 사람들을 모두 먹어치울 것이다.

실제 일어날 수 있는 일이다. 부모님에겐 얘기하지 않는 게 좋겠다.

조스 할머니와 내가 곤히 잠든 동안, 엄마와 아빠는 네덜란드까지 차를 몰고 왔다. 칼레에 도착하자마자 부모님은 차를 빌렸고 엄마는 가이드북의 도움으로 더듬거리며 프랑스어로 얘기했다.

안타깝게도 가이드북에 '4도어 세단을 빌릴 수 있을까요?' 같은 문구는 실려 있지 않았고 렌터카 회사에는 남은 차가 한 대밖에 없었다. 그래서 차에 대한 자부심이 대단한 아빠는 어쩔 수 없이 미니밴을 몰고 프랑스와 네덜란드에서 느릿느릿 움직여야 했다. 미니밴은 갈색 카펫으로 완전히 뒤덮여 있었고 양쪽에는 달랑거리는 큰 갈색 귀가, 번호판에는 분홍색 혀 모양이 달려 있었다. 내가 아빠 말을 듣지 않은 것에 이미 엄청나게 화가 난 상태인 데다, 칼레에 단 하나밖에 없는 '코미디 렌터카' 때문에 아빠는 머리끝까지 부아가 치밀어 올랐다.

부모님은 운하가 도시 한가운데를 지나는 아름다운 네덜란드 도시, 위트레흐트에 도착했다. 높이 솟은 상점 건물들이 운하에 줄지어 서 있었는데, 늦은 시간에도 레스토랑과 카페 들은 손님들로 북적였다.

아빠 배에서 꼬르륵 소리가 요동쳤다. 몇 시간을 운전해 달려왔으니 그럴 만도 했다. 엄마는 아빠 옆자리에서 지도를 봐주려 했지만, 꾸벅꾸벅 졸기만 했다. 집을 나설 때 싸 온 샌드위치는 이미 오래전에 먹어버렸다.(아빠는 이 차 안에서는 음식 부스러기 흘리는 걸 개의치 않았다.)

길가에 차를 세운 뒤 아빠는 엄마를 조용히 깨웠다.

"우리, 뭐라도 좀 먹는 게 좋지 않을까. 다리도 좀 펴고 다시 출발합시다."

부모님은 바로 레스토랑으로 향했다. 쾌활한 웨이터가 레스토랑 한쪽 구석의 촛불을 켠 테이블로 안내했다. 나무가 줄지어 선 운하가 보이는 근사한 경치를 구경하다가 두 분은 메뉴를 정독하면서 허둥지둥하기 시작했다. 비터발렌, 호로엔터조프, 스탐포트, 루크보르스트 같은 단어가 눈앞에서 너울거렸다. 무슨 음식인지 전혀 알 수가 없었다. 아, 그림이 있다면 얼마나 좋을까.

부모님은 원래 색다른 걸 시도하길 좋아하지 않는다. 모든 걸 정해진 패턴대로 하길 좋아한다. 월요일, 수요일, 금요일에는 소시지에 튀김옷을 입힌 요리를, 화요일과 목요일에는 오믈렛과 감자, 토요일에는 셰퍼드 파이, 일요일에는 로스트 치킨에 다른 음식을 곁들여 먹는 식이다.

하지만 엄마는 무척 기분이 좋았다. 둘이서만 외식하러 나온 건 정말 오랜만이었다. 엄마는 이처럼 조용하고 낭만적인 분위기가 너무나 마음에 들었다.

알 수 없는 단어를 가리키며 부모님은 감자와 채소를 곁들인 고기 메뉴를 주문했다. 달리 먹을 만한 게 없었다.

음식이 나오자 엄마 먼저 두툼한 회색 덩어리를 접시에 담았다. 엄마는 시험 삼아 천천히 고기를 씹다가 이내 꿀꺽 삼켰다.

"음, 정말 맛있네."

아빠도 입속에서 음식을 이리저리 맛봤다.

"소시지 맛인데. 제대로 골랐군."

엄마는 자연스럽게 테이블로 손을 뻗어 아빠 손을 꼭 잡았다.

"마틸다 때문에 너무 화가 났지만 지금은 무사히 집에 돌아오기만 하면 좋겠어요. 잘 지내겠죠?"

아빠도 나이프와 포크를 내려놓고 엄마 손을 잡았다.

"임기응변이 뛰어난 아이니까 괜찮을 거야. 또 안 된다는 말이 안 통하는 아이잖아."

엄마 눈에 눈물이 차올랐다.

"정말 특별한 아이라니까."

아빠가 웃었다.

"가끔은 우리 애라는 게 믿기 힘들 정도지."

부모님은 한동안 그렇게 앉아서 서로 손을 잡고 함께 있는 시간을 즐겼다. 네덜란드의 별미는 꽤 즐길 만했다. 두 분은 아이스크림을 곁들인 네덜란드식 팬케이크를 디저트로 주문했다.

차로 돌아가면서 부모님은 다시 젊어진 기분이었다. 아빠는 직장 스트레스를 잊어버렸다. 엄마는 월요일 북클럽에 가기 전에 읽어야 할 책을 까맣게 잊었다. 마치 휴가를 떠난 듯한 기분이었다. 새로운 것을 시도하고 판에 박힌 일상에서 벗어났으니까.

두 분은 새로운 마음으로 활기차게 스톡홀름을 향해 떠났다.

25

룰렌스카의 다이아몬드

스톡홀름까지 644킬로미터

나는 내내 곤히 잠들어 있었다. 중간중간 꿈속에 커스터드 파이가 등장하거나 통제 불능의 열기구와 꿰뚫어보는 듯한 호박색 눈의 흰 고양이가 쉭쉭 소리를 내며 나타나기도 했다.

독일에서 덴마크로 국경을 넘어간 후 코펜하겐으로 내달리는 기차 안에서 잠이 깼다. 각 기차역을 순식간에 지나쳤다는 걸 알고 놀라지 않을 수 없었다. 독일 푸트가르덴에서 바다를 건너 덴마크 롤란 섬을 거쳐 보르딩보르, 타페르뇌에를 지나왔다. 이렇게 낯설고 신비롭게 들리는 지명은 들어본 적이 없었다.

쑤시는 다리를 스트레칭하고 시계를 보니 새벽 5시 8분이었다. 그러니까 덴마크 시각으로는 6시 8분. 기차를 탄 지 몇 시간이 지난 거였다. 조스 할머니는 창밖으로 쏜살같이 지나가는 진흙투성이 갈색 들판과 시골 풍경을 바라보고 있었다. 태그는 할머니 무릎에서 얌전히 몸을 웅크리고 있었다. 뒷좌석에 용 문신을 한 여자를 빼고 객차에 있는 승객은 우리뿐이었다.

"정말 굉장한 모험이구나." 할머니가 촉촉한 눈으로 나를 바라봤다. "네가 없었다면 난 누구와도 이 얘기를 나누려 하지 않았을 거다. 잘 잤니, 마틸다."

갑자기 미안한 마음이 솟구쳤다.

"죄송해요. 지금까지 할머니의 삶을 더 알아보지 못해서요."

할머니를 만날 때마다 나는 발명에 몰두하느라 월프 할아버지하고만 시간을 보냈다. 할머니가 아빠를 낳기 전에 무슨 일을 했는지 알아볼 생각은 단 한 번도 해보지 않았다. 그 생각을 하니 부끄러움에 얼굴이 붉어졌다.

할머니가 열기구를 에펠탑 꼭대기에 착륙시키던 때가 떠올랐다. 또 안정제를 바른 화살을 사자한테 쏘고 나서 사자 우리에 발을 들여놓던 모습도. 할머니는 한마디로 치열한 사람이었다.

할머니가 내 손을 꼭 잡았다.

"네가 없었다면 여기까지 올 수 없었을걸? 네가 해낸 거야, 마틸다. 난 네가 무척 자랑스럽단다."

나는 창밖으로 순식간에 지나가는 시골 풍경을 내다보며 깊은 한숨을 내쉬었다.

"엄마랑 아빠도 여기 같이 있지 못한 게 아쉬울 뿐이에요. 새로운 시도를 별로 안 좋아하시긴 하지만요."

"마틸다?" 할머니가 부드러운 스코틀랜드 억양으로 말했다.

"엄마랑 아빠가 절 이해한다곤 생각하지 않아요. 과학과 발명에 매달리는 저를 좀 이상하게 생각한다는 거 알아요."

할머니는 흰색 니트 점퍼 소매를 만지작거렸다.

"내 잘못이란다."

"네?"

"마틸다, 넌 이상한 게 아니야. 넌 대담한 거란다. 대담하고 모험을 감수하는 사람이야말로 역사를 만드는 사람이지. 너한테 얘기해주마.

네 아빠가 지금처럼 된 건 내 잘못이란다. 천문대를 떠난 후 난 여러 과학 연구소에서 일하면서 과거를 잊으려고 했다. 내가 어떤 대접을 받든 간에 좋은 일을 하려고 애쓰면서 말이지. 네 아빠가 네 나이가 되기 전에 우린 이사를 여덟 번쯤 했어. 그때마다 안정을 찾고 친구를 사귀는 게 정말 힘들었을 거야. 그런 경험 때문에 지금처럼 똑같이 반복되는 일상을 좋아하게 된 것 같구나. 네 아빠가 꼼꼼히 정리하고 계획하는 걸 좋아하는 것도 다 나 때문이란다."

나는 입을 벌리고 할머니를 바라봤다. 아빠는 어린 시절에 관해 한 번도 말을 꺼낸 적이 없었다. 할머니 말이 이해되면서 뱃속의 불길이 좀 잦아든 기분이었다. 그래서 아빠가 모험이나 일상에서 벗어난 것들을 좋아하지 않는 거구나. 어렸을 때 너무나 불확실한 환경에서 자라서.

나는 지난 24시간 동안 겪은 모험을 생각하며 창밖을 내다봤다.

이 모험은 할머니와 함께하는 첫 모험이자 아마도 마지막 모험이 될 터였다.

그때 기차가 갑자기 끼익 소리를 내며 멈췄다. 이어서 발소리가 기차 복도를 쿵쿵 울리면서 뭐라고 외치는 소리가 들렸다. 독일어 같았는데, 독일어는 프랑스어보다 훨씬 아는 게 없었다.

객차 문이 열리고 두 명의 차장이 들이닥쳤다. 한 명은 키가 크고 몸집도 컸다. 다른 사람은 짧은 금발 머리에 호리호리한 체형으로 안색이 창백했다.

둘 다 금색 단추가 달린 회색 재킷을 입고 있었다.

"Fahrkarten(표 좀 보여주시죠)!"

"음, 한스?" 퍼뜩 광대가 알려준 이름이 생각났다. "둘 중 어느 분이 한스예요? 프레데릭이 한스를 찾으면 된다고 했는데."

남자들은 내 말을 무시하더니 할머니한테 다가가 "Pass(표)!" 하고 말했다.

용 문신을 한 여자가 일어섰다. "기차표랑 여권을 요구하네요." 여자는 객차 반대편에서 엉터리 영어로 외쳤다.

"우린 둘 다 없는데요. 함부르크 서커스단에 프레데릭이라는 광대가 있었어요. 그 사람이 우릴 기차에 태워주고 한스를 찾으라고 그랬어요. 이 말 좀 대신 전해주실 수 있나요?"

용 문신을 한 여자는 놀란 표정을 지었지만, 차장들에게 말을 전달해줬다. 그러자 그들은 할머니와 나를 위아래로 훑어봤다. 그러고는 태그를 발견했다.

키 작은 차장의 얼굴이 불그스레하게 변했다.

"동물은 여기 탈 수 없대요." 용 문신의 여자가 대신 말을 전해줬다. "기차표랑 여권이 없으면 밖으로 내던져버릴 거래요."

할머니와 나는 서로 쳐다봤다. 프레데릭이 거짓말한 건가? 찾아보라던 한스는 어디에 있는 것인가? 광대한테 우리가 완전히 뒤통수 맞은 것인가?

차장 두 명은 우리를 열차 문 쪽으로 몰고 갔다. 별다른 수가 없어서 우리는 캐리어를 들고 밖으로 내렸다. 우리는 외딴 곳에 남겨졌다. 주변에는 진흙투성이의 갈색 들판과 선로 하나뿐이었다. 나는 침을 꿀꺽 삼켰다.

곧 기차가 몸을 풀더니 선로 위를 빠르게 움직이기 시작했다. 그제야 한스는 없다는 사실을 확실히 깨닫게 됐다. 프레데릭의 말은 전부 거짓말이었고, 우리를 서커스장 밖으로 몰아내 덴마크 행 기차에 태우려던 것뿐이었다. 그렇지만 왜?

내 의문은 그 순간 바로 풀렸다. 아무 경고도 없이 바퀴 달린 캐리어가 움직이기 시작했다.

"대체 무슨—" 할머니가 놀라서 외쳤다.

캐리어의 지퍼가 천천히 열리며 철컥 소리가 크게 울렸다. 태그가 짖어댔다.

캐리어 밖으로 다리 하나가 나타났다. 또 다른 다리가 나왔다. 그다음 두 팔과 몸통에 이어 머리가 나왔다. 할머니와 나는 너무 놀라 숨을 헐떡였다. 쇼에서 입었던 보석 달린 타이츠 차림으로 우연한 곡예사가 캐리어에서 튀어나왔다. 가짜 속눈썹 뭉치와 손톱 접착제가 든 병이 바닥에 흩어졌다.

"이런." 그녀가 팔다리를 펴고 몸을 풀면서 중얼거렸다. "아우."

곡예사가 인사하자 눈부신 타이츠가 아침 햇살에 반짝였다.

"어떻게 된 거죠?" 할머니가 곡예사와 캐리어를 번갈아 보며 물었다. "프레데릭은 그 안에 가족한테 줄 선물이 들었다고 했는데."

곡예사가 우리 앞에서 또다시 빙글빙글 돌았다. 그렇게 많은 보석이 박힌 건 본 적이 없었다. 분홍색 타이츠를 가까이에서 자세히 보니 속속들이 보석이 박혀 있었다. 꼭 진짜 보석 같았다.

그 순간 나는 모든 상황을 이해하게 됐다.

"잠시만요. 그거 외에도 지난밤에 갖고 있던 보석이 더 있죠? 룰렌스카 아줌마가 잃어버렸다는 다이아몬드!"

할머니도 충격으로 숨이 턱 막힌 것 같았다.

"바로 당신이 그 보석을 훔친 사람이군요!"

그러자 곡예사가 항의라도 하듯 팔짱을 꼈다.

"이봐요," 그녀가 강한 독일어 억양으로 말했다. "단장은 우리한테 빚진 게 많은데도 한 푼도 주지 않았어요. 우린 그 사람 계획, 그러니까 룰렌스카를 배신하려 한다는 걸 알았죠. 그 사람 친구, 프랑수아 베르트랑 박사를 이용해서 말예요. 단장은 결국 룰렌스카한테서 다이아몬드를 훔치는 데 성공했고, 그걸 프레데릭이랑 내가 또 훔친 거죠. 우린 독일 밖의 다른 곳으로 아무도 못 찾게 빼낼 계획이었어요."

"캐리어." 내가 중얼거렸다.

"내 타이츠지." 곡예사가 정정해줬다.

할머니는 잠시 생각에 잠겼다.

"그러니까 사자한테 독을 먹인 건 주의를 분산하려던 거였군요?" 할머니가 물었다. "독을 탄 사람은 룰렌스카가 아니었고."

곡예사가 고개를 끄덕였다.

"우린 소란을 일으키려고 샘슨한테 약초로 만든 독을 줬을 뿐이에요. 해칠 의도는 없었고 죽일 생각은 더더욱 없었죠. 우린 괴물이 아니에요."

"그냥 보석 도둑이죠."

내 말에 곡예사가 어깨를 으쓱했다.

"뭐가 됐든."

"그럼 우린 어쩌라고요?" 할머니가 물었다. "우린 이제 스웨덴에 어떻게 가라는 거죠?"

곡예사의 얼굴에 슬픈 기색이 잠시 스쳤다. 그녀는 지난 몇 시간 동안 캐리어 안에 몸이 접힌 채 우리 계획을 들어왔으니까.

"유감이에요. 당신들이 없었으면 여기까지 못 왔을 텐데. 그렇지만 저는 도울 수가 없네요, 안타깝게도."

곡예사는 그렇게 말하고 길 쪽으로 잽싸게 도망치기 시작했다.

"이 캐리어는 어쩌라고요?" 나는 그녀를 뒤쫓으며 소리쳤다.

"가져요!" 그녀가 외쳤다. "이젠 아무 쓸모도 없으니까."

그렇게 그녀는 가버렸다.

어떻게 해야 할지 몰라 나는 땅바닥에 털썩 주저앉았다. 진흙투성이든 뭐든 신경 쓸 겨를이 없었다.

"자자, 마틸다." 할머니가 나를 달랬다. "기운 내. 네가 항상 하는 말 있잖니. 토머스 에디슨은 천 번을 실패했다."

나는 훅 한숨을 쉬었다. 짜증이 났다.

"우린 이제 범죄자예요, 할머니. 우린 알지도 못하는 사이에 훔친 다이아몬드를 국외로 반출한 거라고요. 게다가 시상식장까지는 644킬로미터 남았고 시간도 5시간밖에 없는데, 거기까지 걸어갈 순 없잖아요. 이제 한 나라만 더 가면 되는데…."

그때 갑자기 어떤 불길한 생각이 팍 떠올랐다.

"아, 아니지." 두려움이 밀려들었다. "아, 제발 안 돼."

나는 재빨리 배낭을 꺼내 지퍼를 내렸다. 아까 들었던 쨍그랑 소리. 점쟁이가 서커스장에서 나랑 부딪칠 때 났던 그 소리. 그 소리는 수정구슬이 깨지는 소리라고만 생각했는데 만약—

"조심해!" 할머니가 무슨 일인지 알아채고 소리쳤다. "그러다 베일라. 자, 내가 하마."

할머니는 배낭 안을 조심조심 뒤지더니 잠시 후 세 개의 커다란 유리 조각을 꺼냈다. 사진판이 박살 난 것이었다.

"유일한 증거인데."

나는 너무나 허탈했다. 우리가 여기까지 어떻게 왔는데. 수많은 난관을 극복하고 여기까지 왔는데, 할머니의 행성이 찍힌 유리판은 산산조각이 난 상황이라니.

“접착제를 챙길 생각을 못 했네요. 다시 붙일 순 없겠어요.”

이 모든 게 완전히 시간 낭비였다.

“제가 틀렸어요, 할머니. 할머니께 실망만 드렸어요.”

나는 무릎을 턱으로 끌어당기고 울부짖었다. 지난 24시간 동안의 모든 걱정과 압박감이 몸 밖으로 빠져나오는 기분이었다.

할머니가 내 옆의 딱딱한 바닥에 앉았다. 그러고는 내 머리를 쓸어내리며 달랬다.

“쉬, 말도 안 되는 소리 마라. 난 멋진 모험을 경험했단다. 그리고 아직 끝난 게 아니잖니. 토머스 에디슨을 떠올려보렴! 마리 퀴리는 어떻고! 그들이 포기라는 걸 했었니?”

흐느낌으로 목이 메었다. 하도 울어서 눈이 부어올랐다. 이럴 때 엄마가 늘 챙기는 라벤더 향 티슈가 있다면 좋을 텐데.

“어떻게 알아요? 그러니까 우리가 스웨덴에 갔는데 노벨상 위원회 사람들이 우리 말을 들어줄지 어떻게 아냐고요. 저는 바보 같은 토머스 토머스랑 과학경진대회 대상 얘기도 사람들한테 전혀 이해시키지 못했는걸요. 이제 유일한 증거도 망가졌어요. 다 끝이에요, 할머니.”

의욕도, 기운도 쑥 빠져버렸다. 나는 무릎 사이에 얼굴을 파묻은 채 흐느껴 울고 또 울었다.

26

노벨상은 내 것이다!

타퀸 스모크 교수는 스웨덴에 가본 적이 한 번도 없었다. 그는 토요일 오후 늦게 공항을 떠나 우중충한 스칸디나비아 날씨를 맞닥뜨리자 조금은 충격을 받았다. 어깨가 구부정한 60대의 민머리 남자가 그를 바짝 따라왔는데, 온 세상 짐을 다 짊어진 듯한 얼굴이었다.(세상 짐을 다 짊어지진 않았지만, 캐리어 3개에 양복 가방 2개, 메이크업 케이스와 스모크 교수가 꼭 가져가야 한다고 우긴 모자 상자까지 짊어지고 있었으니까.)

"분발하게, 트레버." 스모크 교수는 택시 승차장으로 바삐 움직이면서 야단쳤다. "온종일 이러고 있을 수는 없잖나."

트레버 푸트는 오랫동안 스모크 교수를 위해 일했지만, 교수의 신경질적인 성깔과 무례한 요구에는 도통 익숙해지질 않았다. 그는 한숨을 쉬고는 사람들을 헤치고 스모크 교수를 허둥지둥 따라갔다. 너무 스트레스를 받은 나머지 다른 남자의 발을 밟은 것도 모를 지경이었다.

택시 트렁크에 짐들을 밀어 넣고 스모크 교수와 함께 뒷좌석에 탄 후, 트레버는 주머니에서 가이드북을 꺼냈다. 오랫동안 스모크 교수를 위해 일하면서 누렸던 혜택 중 하나는 전 세계를 여행할 수 있다는 것이었다. 스모크 교수가 전 세계의 온갖 학회 및 행사에 강연과 연설을 하러 다녔기 때문이다.

트레버 역시 스웨덴은 처음이어서 가볼 만한 명소를 탐색하는 데 골몰했다.

"저녁식사 후에 드로트닝홀름 궁전을 산책해보는 게 어떨까요." 가이드북을 넘기며 그가 말했다. "16세기 후반의 성이라고 하네요. 그러고 나서 스톡홀름의 유서 깊은 구시가지인 감라스탄을 돌아볼 수도 있고요."

그는 스모크 교수의 얼굴에 떠오른 짜증 섞인 표정을 미처 읽지 못했다.

"그리고 괜찮으시다면, 아바 박물관도 가보시죠. 제가 아바 음악 팬이거든요."(아바는 1970년대에 세계 최정상의 인기를 누렸던 스웨덴 출신 팝 그룹으로, 지금까지도 수많은 '아바 마니아'를 거느리고 있다. 우리에겐 영화 〈맘마미아〉의 배경음악으로 친숙하다:옮긴이)

스모크 교수가 비웃었다.

"가지 않는 게 좋겠네만."

"아, 그러시면 저 혼자 가면 되죠."

"그 말이 아니잖나. 시간이 있다면 가볼 수 있겠지. 하지만 내일 일정을 위해 자네가 준비할 게 많지 않겠나."

트레버는 얼굴을 찌푸렸다.

"모든 게 제대로 준비되어 있습니다, 교수님."

스모크 교수는 스톡홀름의 북적이는 거리를 내다봤다.

"트레버, 난 이 순간을 지난 50년간 기다려왔다네. 최대한 신경 써서 차려입어야 해."

"그럼요."

"신경 써서 양복 다림질 부탁하네. 스팀다리미로 말이지. 크라바트(넥타이처럼 매는 남성용 스카프:옮긴이)는 세 번 정도 다림질해야 할 거야. 그래야 확실히 주름이 없어지거든. 그리고 신발에 광을 내는 것도 잊지 말도록. 구두약은 레이븐으로 부탁하네. 지난번에 자네가 썼던 싸구려 광택제 말고."

"알았습니다. 그런데—"

"내 방에 바닐라 향 양초도 부탁하네. 그래야 긴장이 풀리거든. 마사지처럼 말이지. 그리고 얼굴에 하는 머드팩도. 발 각질도 제거하고 발톱도 깎아야겠어. 귀털이랑 코털도 정리해야 하고. 난 자네가 다 해줄 거라 믿네."

트레버의 얼굴에 실망하는 기색이 비쳤다. 그는 애초에 생각했던 스톡홀름 관광은 고사하고 저녁 내내 스모크 교수의 발톱 옆에 붙어 있어야 할 거라는 사실을 깨달았다.

택시가 멈춰 서자, 트레버는 우울한 기분으로 가이드북을 접어 넣고 스모크 교수를 도와 택시에서 내렸다.

그들은 스톡홀름 시청에서 가장 가까운 호텔을 예약했다. 그곳은 여유로운 분위기였는데, 수상 예정자를 비롯해 시상식에 참석하려고 다른 나라에서 여행 온 사람들이 체크인 하는 곳이었기 때문이다.

트레버가 다림질 등 자질구레한 일을 하는 동안, 스모크 교수는 저녁식사 자리에서 몇몇 중요 인사와 어울려 사진을 찍었고, 강변에 늘어선 다채로운 목조 건물들에 감탄하며 스톡홀름 중심가를 지나 산책을 즐겼다. 그는 심지어 아바 박물관에도 잠깐 들러 즐거움을 만끽했다.

마사지를 받은 후에는 세상에서 가장 편안한 잠자리에 들었다.

일요일 아침, 스모크 교수가 침대 끄트머리에 앉아 있는 동안 트레버는 교수의 발톱을 줄로 다듬고 머리를 빗겨줬다. 그사이 스모크 교수는 계속해서 수상자 연설을 연습하고 또 연습했다. 그는 당연히 부모님에게 감사를 표하고 자신의 위대한 순간에 이제 함께할 수 없음에 유감을 표할 예정이었다. 그는 그리니치 왕립 천문대의 동료들에게도 감사를 표할 생각이었다. 그러면 더욱 겸손한 사람으로 비치면서도 그가 얼마나 다른 이들보다 똑똑한 사람인지 세상이 알게 될 테니까.

그 생각을 하는 순간 스모크 교수의 얼굴에 그림자가 드리웠다.

조슬린 무어라는 이름이 생각났기 때문이다. 그는 50년 전에 있었던 고약한 사건을 떠올리고는 몸서리쳤다.

지금까지 그를 따라다니며 괴롭힌 건 바로 그 사건이었다. 과학과 진보에는 희생이 필요하다. 노벨상의 창시자인 알프레드 노벨 자신도 개인적으로는 엄청난 손실을 겪지 않았나. 그럼에도 그가 결코 떨쳐낼 수 없었던 건 언젠가 어떻게든 진실이 밝혀질 것이라는 사실이었다.

그는 그런 생각을 억눌렀다. 지난 수십 년간 그는 조슬린 무어를 눈여겨봤다. 그녀가 과학 연구기관들을 옮겨 다닐 때마다 유심히 지켜봤다. 그러나 15년 전쯤 그런 짓은 그만두었고, 그 이후로는 그녀의 소식을 듣지 못했다. 아마도 어딘가에서 조용히 살아가고 있으리라. 심지어 아직 살아 있는지조차 알 수 없었다.

트레버가 그의 얼굴에서 제멋대로 난 눈썹을 몇 가닥 뽑자, 스모크 교수는 미소를 지었다. 조슬린 무어는 실패한 인생이다. 나 타퀸 네빌 이그네이셔스야말로 성공한 인생이지. 노벨상은 내 것이다! 어떤 것도, 아무도 나의 노벨상 수상을 막을 수는 없다.

27

베푼 만큼 돌아온다

필요할 때 머릿속에 팍 생각이 떠오르는 게 신기하지 않은가? 아마 조스 할머니의 말씀 때문이었을 것이다. 아니면 내 보라색 주기율표 티셔츠에 박혀 있는 화학 원소들이 생각나게 해준 것인지도 모르지.

하도 울어서 그런지 얼굴이 따가웠다. 뱃속에서는 꼬르륵 소리가 났다. 룰렌스카한테 밥을 얻어먹은 후로 몇 시간이 지났다. 피로감에 짓눌려 으스러진 기분이었다.

"토머스 에디슨을 떠올려보렴! 마리 퀴리는 어떻고!" 할머니는 나를 위로하며 그렇게 말했다.

별안간 머릿속에 이런 구절이 꿈틀거렸다.

그 누구도 인생이 만만하지 않다. 그래서 어쩌라고? 우리는 스스로 인내심과 자신감을 가져야 한다. 첫 번째 원칙은 어떤 상황에서도 좌절해선 안 된다는 것이다.

마리 퀴리에 관한 책에서 그런 구절을 읽은 적이 있었다. 마리 퀴리는 화학 원소를 하나도 아니고 두 개나 발견했다. 여성 과학자가 거의 없던 시절에 폴로늄과 라듐을 발견했다. 게다가 최초의 여성 노벨상 수상자로도 모자라 최초로 노벨상을 두 번이나 받은 과학자였다.

그녀가 만약 다른 사람이나 상황으로 인해 좌절한 채 그 상태에 머물렀다면 절대로 노벨상을 두 번이나 받지 못했을 것이다.

나는 벌떡 일어났다.

"알았어요, 할머니." 나는 할머니한테 손을 내밀며 말했다. "새로운 계획을 세웠어요. 다음 정거장에 도착할 때까지 선로를 따라 걸어가면 돼요. 거기서 기차를 기다렸다가 타는 거죠. 무슨 수를 써서라도 스웨덴에 가고 말 거예요."

나를 올려다보는 할머니의 파란 눈이 기쁨으로 반짝였다.

"역시 내 손녀답구나."

할머니가 미소 지으며 내 손을 잡고 일어섰다.

"그전에 먼저 이것부터 해결해요!"

나는 배낭 안에서 조각난 사진판을 조심스레 꺼냈다. 여러분이 짐작하다시피, 아이디어가 팍 머리에 떠올랐다. 물론 유리를 붙일 마땅한 접착제는 없었다. 그러나 내겐 이게 있었다. 과학! 그리고 인조 손톱!

나는 곡예사의 캐리어 옆에 떨어진 작은 손톱 접착제 병을 집어 들었다. 손가락에 손톱을 붙일 정도로 접착력이 강하다면 사진판을 붙이기에 충분할 것이다. 나는 병 뒤에 붙은 '시아노아크릴레이트'라는 성분명을 천천히 읽었다.

"이게 뭐죠?"

할머니가 나를 보고 활짝 웃었다.

"그게 해결책이 되겠구나. 초강력 접착제에 쓰이는 화합물이지."

좋았어! 프레데릭과 곡예사가 결국 우리한테 도움을 주긴 했군! 나는 유리판 끝에 튜브를 대고 손톱 접착제를 짠 후 마를 때까지 들고 있었다. 나는 극도로 주의를 기울였다. 깨진 유리판에 손을 베일 수 있으니까. 할머니도 거들었다. 우리는 직소 퍼즐을 맞추듯 유리판 조각을 하나로 맞춰나갔다.

그리고 몇 분 후,

"짜잔!"

불안정하게 되는 대로 붙여지긴 했지만, 어쨌든 사진판이 모두 하나로 붙었다. 노벨상 위원회에 보여주기엔 충분했다.

"오, 정말 잘했구나, 마틸다!"

나는 조심조심 사진판을 내 스웨터로 싸서 배낭 안에 도로 넣었다. 그런 뒤 할머니와 함께 자리에서 일어나 선로를 따라 걷기 시작했다. 다시 새롭게 자신감을 얻은 기분이었다. 아직은 기회가 있다!

우리는 기차가 향했던 방향으로 걸었다. 해가 하늘 높이 떠 있었지만 여전히 추위가 혹독한 12월 아침이었다.

"그거 아니, 마틸다?" 할머니가 내 팔에 손을 갖다 대고 말했다. "넌 정말 날 놀라게 하는구나."

나는 놀라서 눈을 치켜떴다.

"더는 가망 없어 보이는 상황에서도 툭툭 털고 일어나 다시 해보는 거." 할머니가 내 팔을 꼭 잡았다. "넌 할아버지를 닮았어. 발명을 사랑하는 것뿐만 아니라 너의 그 믿음도 말이지." 할머니 눈에 눈물이 고였다. "지난 세월 동안, 네 할아버지는 내 문서랑 사진판을 보관해두었지. 내가 나 스스로를 믿지 않을 때도 네 할아버지는 굳게 믿어주더구나. 지금 너처럼 말이다. 두 사람 모두 내가 얼마나 고맙게 생각하는지 모를 거야."

할머니가 몸을 숙이더니 내 뺨에 뽀뽀를 했다.

그런데 내가 무슨 말을 하기도 전에, 태그가 쏜살같이 뛰어나갔다. 그 바람에 손에서 목줄을 놓치고 말았다.

"워! 태그! 돌아와!"

하지만 태그는 선로를 벗어나 풀이 무성한 들판으로 미친 듯이 달려갔다. 그 작은 다리로 마구 내달려 차츰 멀어져 갔다. 우리한테 필요한 게 바로 저런 능력인데.

"태그!" 할머니가 외쳤다. "저긴 엉뚱한 방향인데."

나는 태그를 뒤쫓아가야 하나 어쩌나 고민이 되었다. 그러다 갑자기 기차가 들어오기라도 하면 어쩌지?

갑자기 태그가 달리기를 멈추더니 귀를 쫑긋하고 경계하는 몸짓을 취했다. 그러고는 마치 우리를 부르기라도 하듯 짖어대다가 어딘가를 바라보더니 다시 우리 쪽으로 고개를 돌렸다.

이 모든 게 어딘가 익숙했다. 태그가 스베틀란카와 크리스 P. 덕 부부의 배로 우리를 불러냈을 때와 비슷했다. 나는 얼굴을 찌푸렸다. 시골 들판에 배가 있을 리는 없는데.

"이쪽으로요."

나는 할머니의 손을 잡고 태그 쪽으로 성큼성큼 걸어갔다. 태그는 여전히 바람 부는 쪽을 향해 으르렁대고 있었다.

우리가 다가가자 아주 이상한 일이 일어났다. 멀리서 낮게 윙윙거리는 소리가 들려왔다. 부르르르릉!

"저게 뭐죠?"

내 눈에는 황량한 갈색 들판밖에 보이지 않았다.

할머니가 한쪽으로 귀를 기울였다.

"모르겠구나."

그때 다시 그 소리가 났다. 부르르르릉! 그 소리가 가까워지면서 땅이 진동하기 시작했다.

태그가 짖는 걸 멈추더니 내 다리에 발을 갖다 댔다. 다시 봐서 반가워하는 기색이었다.

"대체 왜 그러는 거야?"

또 그 소리가 들렸다. 부르르르릉! 천둥이 우르릉대는 소리 같았다. 세탁기 백만 대가 한 번에 돌아가는 것 같은 소리였다.

오토바이였다. 그것도 여러 대였다.

수염을 기르고 가죽 바지를 입은 폭주족이 검은 광택이 나는 오토바이를 타고 우리 쪽으로 질주해 오고 있었다.

"조심해요!"

나는 할머니를 잡아당기고 손으로 귀를 꽉 막았다. 귀가 먹먹해질 정도였다.

"어이, 어이!"

오토바이들 사이에서 누군가 소리쳤다.

나는 아침 햇살을 피해 눈을 가늘게 뜨고 폭주족을 바라봤다. 대부분은 우락부락하게 생긴 남자들이었다. 어두운 밤에 마주치고 싶지 않은 부류의 사람들이었다.

"좋아, 귀염둥이 아가씨!" 브리스틀 지방 억양을 띤 목소리가 말했다. "스톡홀름이랬지?"

내가 그를 본 것은 바로 그때였다. "미키?" 나는 놀라서 소리쳤다. 도버해협에서 수영하던 바로 그 미키였다! 오토바이 뒷자리에 수염을 기른 미키가 팔짱을 끼고 있었다.

"여기서 뭐 하시는 거예요?"

같이 차를 마시고 비스킷을 먹었던 게 정말 오래된 일처럼 느껴졌다. 그를 다시 보니 엄청난 안도감이 몰려왔다. 나는 기뻐서 그를 두 팔로 안았다.

"침착해." 미키가 미소 지으며 상냥하게 말했다. "도움을 받았으면 갚아야 하는 법이지. 난 결국 칼레까지 헤엄쳐 갔는데, 거기서

다보스를 만났어."

오토바이 운전석에 탄 남자의 상체를 꽉 붙잡고 있던 미키가 그를 가리켰다.

"다보스가 스웨덴까지 같이 도로 여행을 하자며 나를 끌어들였지. 네가 스웨덴으로 간다고 했었잖아. 난 그때 네 굳건한 의지에 감동해서, 뭐 안 될 거 있나 싶었지. 인생은 한 번밖에 못 사는 건데. 마침 지나는 길에 개 짖는 소리가 들리더라. 혹시 무슨 일이 있나 싶어 다가가니 멀리서 네 할머니의 백발이 눈에 들어오지 뭐야. 그리고 너도!"

미키가 나를 내려다봤다.

"자, 그럼 이제 가볼까?"

나는 입이 활짝 벌어졌다. 우리의 기도가 마침내 응답받았다! 시계를 보니 아침 6시 48분이었다.

"지금 7시 48분이에요. 12시까지 스톡홀름에 갈 수 있을까요?"

미키가 얼굴을 찌푸렸다.

"좀 벅차긴 하네. 근데 그렇다고 해서 네가 그만둘 리는 없잖아?"

나는 배낭을 등에 메고 할머니가 한 오토바이 옆에 붙은 사이드카에 타도록 도왔다. 우물쭈물할 시간이 없었다. 나도 태그와 함께 다른 사이드카에 올라탔다.

내가 탄 오토바이의 주인은 해골 밑에 X자 뼈 그림이 그려진 가죽조끼를 입은 여자였다.

“안녕.” 의외로 부드럽고 상냥한 목소리로 여자가 말했다. “난 거트루드야.”

나는 턱 밑으로 헬멧을 바짝 조였다.

“전 마틸다예요.” 나는 최대한 웃으며 말했다. 솔직히 이 폭주족 무리가 좀 부담스럽긴 했다.

거트루드가 고개를 끄덕였다.

“알아. 미키가 네 얘기를 계속 했거든.”

나는 솔직히 믿을 수가 없었다. 위기의 순간에 미키가 거짓말처럼 구하러 나타나다니. 만약 도버해협에서 미키를 도와주지 않았다면 과연 이런 행운이 찾아왔을까. 인생이란 정말이지 알 수가 없는 것이다.

모든 게 결국은 잘 풀릴 거라는 희망이 샘솟았다.

28

가자, 스웨덴으로

미키와 폭주족 '지옥의 천사' 일당은 덴마크 시골길을 따라 질주했다. 우리는 코이에, 말뫼, 룬드 등 신기한 이름의 마을들을 지나 마침내 스웨덴의 셰브데 시골길에 이르렀다. 달리는 내내 미키는 스피커가 터져 나갈 듯 아바의 베스트 앨범을 쾅쾅 틀어댔고, 우리는 같이 아바의 노래를 따라 불렀다. 나도 영화 〈맘마미아〉의 팬이어서 웬만한 아바 노래는 잘 알고 있었다.

우리는 마리에스타드, 쿰라를 거쳐 카트리네홀름의 작은 어촌 마을을 지나 계속해서 빠르게 달렸다. 그을린 얼굴의 어부들이 사이드카에 노부인과 소녀와 개를 태우고 가는 폭주족을 입을 벌린 채 쳐다봤다.

미키가 제일 유명한 아바의 히트곡 하나를 넣고 '재생' 버튼을 누르자 폭주족 전체가 〈워털루〉를 함께 부르기 시작했다. 나는 우리의 목표에 맞게 가사를 바꿔 불렀다.

"노벨상 시상식장에서 친애하는 스모크 교수가 항복했다오!

오 예, 조스 할머니는 끝내주게 멋진 방식으로 자기 운명과 마주했다네.

책장 위의 역사책은 마침내 고쳐 쓰일 거야!!!"

시계를 보니 아침 9시 55분이었다. 실제로는 10시 55분이겠지. 시상식 시작까지 이제 한 시간 남짓밖에 남지 않았다. 조금만 더 가면 된다. 우린 할 수 있을 거야!

29

저기, 뒤를 봐봐!

미키와 '지옥의 천사' 일당은 물론이고 나와 할머니도 전혀 몰랐던 사실이지만, 플렌이라는 마을의 도로를 질주하는 동안, 우리 바로 뒤에서 달리던 큰 개처럼 생긴 코미디 렌터카 안에는 엄마와 아빠가 타고 있었다.

네덜란드 위트레흐트의 레스토랑에 들렀을 때부터 재미있는 일이 일어났다. 낭만적인 식사 이후 엄마와 아빠는 처음 만났던 시절의 추억에 잠겼다. 대학 시절 두 분은 갈 생각이 전혀 없었던 파티에 가게 되었다. 거기서 우연히 만난 두 분은 좋아하는 음악 얘기를 나누다가 대학 음악실에 몰래 들어가 같이 곡을 녹음하기로 했다. 아빠는 드럼을 쳤고 엄마는 탬버린과 리드 보컬을 맡으며 스튜디오 안에서 맨발로 춤을 췄다. 최고의 시간을 보낸 것이다. 오랫

동안 똑같은 일상의 틀을 고집하며 상식적인 삶에 집착해왔던 엄마와 아빠가 도망친 딸과 어머니를 찾으러 어쩔 수 없이 떠난 이 여행을 진정으로 즐기게 된 건 바로 그때부터였다.

플렌이라는 마을의 도로를 달리고 있는데, 창밖에서 엄마와 아빠가 그날 밤 스튜디오에서 녹음했던 바로 그 곡의 선율이 울려 퍼졌다. 엄마와 아빠는 즉시 20년 전으로 되돌아가 아바의 〈워털루〉를 따라 부르기 시작했다. 두 분은 행복했던 옛 시절의 추억을 떠올리며 환한 미소를 지었다.

아빠는 창문을 내리고 상쾌한 12월 공기를 팔로 내저으며 좁은 스웨덴 도로를 따라 빠르게 달렸다. 차 양쪽에 달린 귀가 위아래로 펄럭였고 번호판에 달린 분홍색 혀가 앞뒤로 흔들렸다. 아빠는 그 장치를 어떻게 끄는지 몰랐지만, 가끔은 조금 바보 같고 충동적인들 뭐 그리 나쁠 게 있을까? 하고 생각했다. 엄마와 아빠는 창문 밖으로 고개를 내밀고 개처럼 바람을 향해 울부짖었다.

참으로 오랜만에 두 분에게 찾아온 행복한 순간이었다.

30

저기, 뒤를 봐봐 2

미키와 '지옥의 천사' 일당은 물론이고 나와 할머니도, 또 엄마와 아빠도 전혀 몰랐던 사실이지만, 플렌이라는 마을의 도로를 질주하는 동안, 우리 바로 뒤에는 매끈한 은색 자동차가 따라오고 있었다. 정장을 입은 무뚝뚝하고 험상궂은 남자가 운전석에 앉아 있었고 뒷자리에는 코소보 갱 한 명이 타고 있었다.

서커스단장이 마침내 베르트랑 박사의 도움으로 룰렌스카의 다이아몬드를 훔쳤다고 고백했다. 문제는 다이아몬드가 어디 있는지 단장도 모른다는 것이었다. 그래서 룰렌스카는 모든 서커스단원들을 붙잡고 '실토'하게 만들었다. 누군가가 그 다이아몬드는 나와 조스 할머니가 가져간 캐리어에 들어 있다고 털어놓았다. 그 누군가는 바로 마임 공연자였다. 늘 이런 식이지.

창밖에서 아바 노래의 익숙한 선율이 울려 퍼지자 룰렌스카의 눈에 눈물이 차올랐다. 그 노래는 바로 룰렌스카의 엄마가 어린 딸들을 위해 불러주던 노래였다. 룰렌스카는 휴지로 코를 풀었다. 그녀는 여동생이 지금 어디 있는지 전혀 몰랐다. 스베틀란카가 크리스 P. 덕(룰렌스카는 정말 우스꽝스러운 이름이라 생각했다)이란 남자와 결혼해서 영국에 산다고 내가 얘기해준 것까지밖에 몰랐다.

룰렌스카는 아바의 노래를 흥얼거리며 다짐했다. 다이아몬드 꾸러미를 놓고 '배신'당한 이 모든 일을 처리하자마자 여동생을 반드시 찾아 나서리라.

31

저기, 뒤를 봐봐 3

나와 조스 할머니, 대그, 미키 등등(이쯤이면 여러분도 알겠지?)도 전혀 몰랐던 사실이지만, 크리스 P. 덕과 매력적인 금발의 아내 스베틀란카도 마침 플렌이라는 마을의 시골길을 달리고 있었다. 그들은 미키처럼 조스 할머니와 나한테 감명을 받아서 이 모든 일이 어떻게 끝날 것인지 직접 확인하고 싶었다. 그래서 우리를 칼레에 내려준 후 영국으로 돌아가지 않고 프랑스에서 낭만적인 밤을 보낸 후 스웨덴으로 달려온 것이다.

창밖에서 쨍쨍 울려 퍼지는 아바의 노래를 들으며 스베틀란카는 슬픈 표정을 지었다. 크리스는 스베틀란카가 가족과 함께 그 노래를 즐겨 부르곤 했다는 사실을 알고 있었다. 아내와 같이하기 위해 그는 아바의 노래를 흥얼거렸다.

32

결전의 순간

여러 대의 오토바이와 한 대의 코미디 미니밴, 그리고 두 대의 자동차가 길게 한 줄로 이어져 쇠데르텔리에의 한적한 시골길을 지나 수도인 스톡홀름으로 서둘러 달렸다. 차량 행렬이 빠르게 지나가는 바람에 일요일 아침 밖에 나온 마을 주민들은 길에서 얼른 비켜나야 했고, 우리 쪽으로 오던 트랙터는 길에서 벗어나 들판 쪽으로 재빨리 방향을 틀었고, 다른 운전자들은 주먹을 흔들었다.

시계를 보니 현지 시각으로 낮 12시 17분이었다. 늦었다. 스모크 교수가 아직 상을 받지 않았어야 할 텐데.

유서 깊은 스톡홀름 시청사는 왕궁이 내려다보이는 큰길인 한트베르카르가탄에서 약간 벗어난 해변에 있었다.

건물 안에는 과학자와 작가, 철학자, 교수, 고위 관리를 비롯해 영국과 프랑스, 독일, 벨기에, 덴마크, 스웨덴의 총리들, 그리고 스웨덴 국왕과 여왕이 모두 멋진 드레스와 턱시도를 입고 시상식이 시작되길 기다리며 자리에 앉아 있었다.

단상에는 문학, 경제학, 화학, 평화, 생리의학 분야의 노벨상 수상자들이 당당한 모습으로 앉아 있었다. 제일 가운뎃줄에 앉아 있는 스모크 교수는 멋진 보라색 벨벳 양복과 노란색 크라바트로 치장하고 얼간이처럼 모두에게 씨익 웃어 보였다.

우리에겐 아직 몇 분이 남아 있었다. 우리는 쌩 소리를 내며 스톡홀름 거리를 통과해 시청 간판을 따라갔다. 엄밀히 따지면 아무렇게나 가는 거나 마찬가지였다.

"저기예요!" 할머니가 다음 도로의 종탑을 가리키며 소리쳤다.

오토바이 행렬이 코너를 휙 돌아 돌길에 들어서자 시청사가 눈에 들어왔다. 오래된 갈색 직사각형 건물이었고 하얀 돌로 된 기둥이 정문 입구에 세워져 있었다.

거트루드가 시동을 끄자 나는 재빨리 내려 헬멧을 벗었다.

"고마워요, 거트루드."

나는 고마운 마음에 거트루드와 미키의 손을 꼭 잡아주고는 할머니와 태그를 사이드카에서 내리게 도와줬다. 그리고 태그를 다시 멜빵바지 앞주머니에 밀어 넣었다.

나는 심호흡을 한 뒤 할머니를 향해 활기차게 외쳤다.

"준비되셨죠?"

할머니가 고개를 끄덕였다. 할머니는 약간 멍한 것 같았다. 사실 우리 둘 다 진짜로 여기까지 올 수 있으리라곤 생각하지 않았기 때문이다.

더는 우물쭈물할 시간이 없어서 우리는 커다란 나무문을 향해 달려갔고, 미키가 약간 느린 속도로 우리 뒤를 따라왔다.

키가 큰 경비원이 우리를 위아래로 훑어보더니 서툰 영어로 호통치듯 말했다.

"초대 손님만 입장할 수 있습니다."

"뭐라고요?"

나는 당황해서 할머니를 바라봤다.

"초대장이 없으면 들어갈 수 없습니다."

나는 놀라서 입이 딱 벌어졌다. 여기까지 애써 왔는데 이 멍청한 남자 때문에 안으로 들어갈 수 없다니 믿을 수가 없었다.

"제발요." 내 눈에 눈물이 차올랐다. "우린 정말 먼 길을 왔거든요."

경비원이 머리 위에서 맴도는 경찰 헬기를 가리켰다.

"보안이 엄중합니다. 안에 중요한 사람들이 많아서요."

나는 어쩔 줄 몰라 다시 할머니를 바라봤다. 그냥 안에 들어갈 수 있을 거라고 생각했는데. 이 상황을 어떻게 해결하면 좋지?

바로 그 순간 누군가가 내 뒤에서 소리쳤다.

"여자애를 들여보내세요!"

익숙한 영국 북부 억양의 극적인 목소리였다. 뒤를 돌아보니—

"브라이언 콜린 램스버텀!"

세상에, 그는 바로 필립, 아니 브라이언이었다.

그는 머리를 깊이 숙여 인사했다. "네가 필요하다면 뭐든지." 그러고는 경비원을 향해 손가락을 흔들었다. "지금 당장 이 여자애와 할머니를 안으로 들여보내세요!"

그런데 그때 어디선가 경찰차 사이렌 소리가 들렸다. 뒤돌아보니 경찰차 세 대가 우리를 향해 돌길 위를 달려오고 있었다.

시청사 앞에 차가 멈추자 경찰관들이 차에서 내려 우리를 둥글게 둘러쌌다.

"그 자리에서 꼼짝 마!" 경찰서장이 소리쳤다.

경비원이 흥미롭다는 표정으로 우리를 훑어봤다.

우리 셋은 손을 들었다.

"지긋지긋하군." 브리이언이 말했나. "나를 쫓아왔어."

"뭐라고요?" 나는 비명을 질렀다. "열기구 착륙 건은 알아서 해결한다고 했잖아요."

"어쩌다 보니 나도 도망치게 됐어." 브라이언이 얼버무렸다. "프랑스 경찰들이 내가, 아니 우리가 여기 있다는 걸 이쪽에 알렸나 보네."

나는 기가 막혔다. 경비원 한 명으로도 모자라 이젠 스웨덴 경찰까지 상대해야 하다니.

그때 매력적인 코소보 여인의 꺅 소리가 들려왔다.

"그 사람들을 당장 들여보내요!"

브라이언 너머로 크리스 P. 덕과 함께 하이힐을 신고 돌길을 비틀거리며 걸어오는 스베틀란카가 보였다.

"당신이 생각하는 것보다 훨씬 더 엄청난 일을 겪으면서 먼 길을 온 사람들이라고요!"

"그것참 안됐군요." 경비원이 소리쳤다. "전 제 일을 하려는 것뿐입니다."

"스베틀란카 아줌마?" 나는 절로 탄성이 나왔다. "여기서 뭐 하시는 거예요?"

크리스 P. 덕이 나를 보고 웃었다. 머리 위에는 선장 모자가 멋부린 듯 얹혀 있었다.

"이게 어떻게 막을 내릴지 보러 오지 않을 재간이 없었단다." 그가 설명했다. 그러고는 미키를 향해 물었다. "미키, 자네도 그런 거야?"

그런데 그때 또다시 큰 비명이 울려 퍼졌다.

"내 동생!"

크리스와 스베틀란카 너머로 서둘러 달려오는 룰렌스카가 보였다. 험상궂은 경호원이 뒤에서 요란한 소리를 내며 따라왔다. 나는 침을 꿀꺽 삼켰다. 다이아몬드를 둘러싼 뒤죽박죽 사태를 어떻게 설명해야 하지?

그러나 룰렌스카는 곧장 스베틀란카한테 쏜살같이 달려가 동생을 부둥켜안았다. 둘 다 눈물범벅이 되었다.

"꼼짝 마!" 경찰서장이 다시 외쳤다. 하지만 그는 어리둥절해서 주위를 둘러봤다. 대체 이 사람들은 왜 다 여기 있는 거지?

그때 다른 목소리가 불쑥 끼어들었다. 친근한 목소리였다. 여기서 들을 줄은 꿈에도 상상하지 못했던 목소리가 흘러나왔다.

"우리 딸과 어머니를 들여보내주세요." 아빠가 조용히 말했다.

나는 믿을 수가 없었다. 몇 년은 더 젊어 보이는 엄마와 아빠를 보자 긴장이 풀렸다. 약간 당황한 건 빼고 말이지.

엄마가 훌쩍하고 눈물을 도로 삼켰다. "처음부터 너를 지지해주지 못해 미안하구나."

"난 할머니의 건강이 염려됐던 거란다." 아빠가 끼어들었다. "그래서 여기 오는 걸 반대했던 거야. 하지만 이제 두 사람 다 굳게 믿는다. 이제 이 상황을 헤쳐 나가야만 해."

경비원이 경찰서장과 서로 눈빛을 교환하며 얼굴을 찡그렸다.

"이건 그리 간단한 문제가 아니란 말입니다."

그 순간 내 멜빵바지 앞주머니에서 태그가 요란하게 짖어대기 시작했다. 태그가 빠져나가려고 꿈틀거리는 게 느껴졌다.

태그가 경찰서장에게 달려들어 앞발로 다리를 긁자 그는 놀라서 뒤로 물러났다. "저리 가!" 그는 팔다리를 마구 흔들어댔다.

"태그! 그만해! 그러다 물겠어!"

말은 그렇게 했지만, 사실 난 속으로는 물어줬으면 정말 좋겠다고 생각했다.

"훠이! 훠이!!"

경찰서장이 다시 소리치자 동료 경찰들이 달려와 그를 도와줬다. 태그는 동료 경찰들을 향해서도 펄쩍펄쩍 뛰었다. 경찰서장은 손으로 태그를 쳐내고 뒤로 물러서며 비틀거리다가…

…정말 왜 그렇게 낮은지 알 수 없는 도로 가장자리 철문에 그만 발이 걸려 넘어졌다.

"으아아아악!"

경찰서장이 비명과 함께 넘어지면서 동료 경찰들을 붙잡는 바람에 대부분 그와 같이 돌길 위에 벌렁 넘어졌다.

"이제 가." 바닥에 넘어진 경찰들을 보며 브라이언이 말했다.

이 모든 상황이 너무나 익숙하다는 생각이 들었다.

스베틀란카와 크리스 부부, 룰렌스카, 룰렌스카의 경호원, 미키와 거트루드, 그리고 엄마와 아빠 모두가 나를 향해 고개를 끄덕였다. 그러고는 할머니와 나를 앞세우고 경비원 쪽으로 몰려갔다. 경비원은 깔리지 않으려면 문 옆으로 몸을 피하는 수밖에 없었다.

"이봐!" 경찰이 소리쳤다. "거기 서!"

그렇지만 이미 늦었다. 할머니와 나는 시청사 문을 열고 서둘러 들어갔다.

안에는 노벨상 심사위원장이 개회사를 하기 위해 단상에 올라가 있었다. 안경을 쓴 그 신사는 너무 꽉 끼는 턱시도를 입어서 단추가 팽팽하게 당겨져 있었고 허리띠는 핑 하고 시상식장 안을 날아갈 것만 같았다.

그는 6명의 수상자에게 상을 수여하기 전에 간단히 환영사를 할 생각이었다. 그러나 그는 노벨상을 받으려면 어떻게 해야 하는지만 지금까지 20분간 떠들어대고 있었다.

"노벨 문학상을 받으려면 어떻게 해야 할까요? 저는 40년 동안 일기를 써왔습니다. 여러분도 읽어보고 싶으실 겁니다!"

청중은 그의 연설을 싫어했겠지만, 어쨌든 그렇게 길게 이어진 연설 덕분에 우리는 시간을 벌 수 있었다.

이윽고 심사위원장이 목을 가다듬고는 시상식을 시작했다.

"올해의 노벨 문학상 수상자는 샐먼—"

밖에서 굉장한 소동이 벌어진 것은 바로 그때였다. 복도를 따라 한 무리의 사람들이 쿵쿵대는 발소리가 났다. 그리고 "들어가면 안 됩니다!" 하고 외치는 거친 목소리가 들렸다. 옥신각신하는 소리도 났다. 강아지가 짖는 소리도 났다. 고통으로 울부짖는 남자들의 목소리도 들렸다.

그러고 나서—

문이 벌컥 열렸다.

내 뒤로 백발의 노부인과 '지옥의 천사' 일당, 손을 잡은 중년의 영국인 커플, 다이아몬드로 치장한 빨간 머리 여성과 멋진 선장 모자를 쓴 남자, 거기다 꾀죄죄한 개에 허리를 짚고 절뚝거리는 경찰들까지 함께 등장하자 청중은 놀라서 입을 딱 벌렸다.

나는 단상을 가리켰다.

"사기꾼!"

나는 최대한 크게 소리 질렀다.

"저 남자는 사기꾼이에요!"

나는 지난 31시간 동안 내가 할 말을 수없이 연습했다. 그리고,

맙소사, 너무나 극적인 장면이 펼쳐졌다.

나의 돌발 발언에 충격을 받았는지 청중 모두가 숨을 죽였다.

단상에서 상을 받으려던 남자가 입을 벌린 채 나를 쳐다봤다.

"난, 난 사기꾼이 아니야." 그가 더듬거렸다. "난 내 책을 직접 다 썼다고!"

"죄송하지만, 다른 사람 얘기예요."

나는 단상 중앙에 자리 잡은 스모크 교수를 가리키며 말했다.

"저 남자요!"

33

진실은 반드시 밝혀진다

다시 한 번 청중은 충격에 휩싸여 숨을 죽였다.

스모크 교수의 얼굴이 양복처럼 보랏빛으로 변했다.

"무, 무슨 소리야? 난 정정당당하게 수상하는 거라고."

하지만 그의 목소리는 당황한 기색이 역력했다.

"진짜 그렇게 생각하시는 거예요, 정말로?" 나는 뒤에 서 있는 조스 할머니를 가리키며 말했다. "이분을 알아보시겠어요?"

스모크 교수가 침을 꿀꺽 삼켰다.

"조스, 아니 조슬린 무어 박사님이십니다." 나는 최대한 목소리를 깔았다. 긴장해서인지 무릎이 덜덜 떨렸다. "이분은 50년 전 그리니치 천문대에서 교수님과 함께 일하면서 뭔가를 발견했었죠?"

스모크 교수가 어깨를 으쓱하더니 호통치듯 말했다.

"통 무슨 얘기를 하는 건지 모르겠구나."

그때 어느새 뒤따라온 경찰서장이 몸을 추스르더니 좌중을 둘러보며 소리쳤다.

"이들은 수배자입니다!"

다들 눈이 휘둥그레지더니 내 쪽으로 시선을 돌렸다.

"다 설명드릴게요."

나는 그렇게 말하고 청중을 훑어보다가 첫 줄에 앉은 심각한 표정의 남자를 발견했다. 왕관을 쓴 남자였다. 스웨덴 국왕임이 틀림없었다.

"열기구가 에펠탑 꼭대기에 걸려서 내려왔던 일을 다 설명해드릴게요. 조금 후에요."

청중은 그 말에 더 놀란 것 같았다.

"하지만 지금 하는 얘기가 더 중요해요. 그러니 제발요."

스웨덴 국왕이 나와 조스 할머니, 그리고 우리 뒤의 사람들을 차례로 보고 고개를 살짝 까딱했다. 그러더니 옆에 앉은 남자한테 뭐라고 귓속말을 했다. 그 남자가 옆에 앉은 여자한테 뭐라고 속삭이자 여자가 일어서서 경찰서장에게 뭔가 말했다.

경찰서장은 한숨을 내쉬고는 부하들에게 뒤로 물러나 있으라고 손짓했다.

"저 행성은 우리 할머니가 발견한 거예요." 나는 단상 위에 있는 스모크 박사를 바라보며 똑똑히 말했다. "교수님이 발견한 게 아니잖아요. 교수님은 자기가 발견했다고 세상 사람들한테 거짓말해서

이 자리까지 왔죠. 우리 할머니 연구를 가로채놓고 자기 것이라 우기다니! 이건 정말 부당한 일 아닌가요?"

스모크 교수는 입술을 축이며 자신을 바라보는 사람들을 하나하나 둘러봤다.

"넌 이런 말을 할 자격이 있다고 생각하니?" 그가 따졌다. "여기에 불쑥 들이닥쳐서는 멋진 시상식을 훼방 놓고 말도 안 되는 유언비어까지 퍼뜨리다니! 정말로 내가 연구를 도둑질했다고 생각하니? 난 저 여자를 만난 적도 없어!"

나는 숨을 훅 내쉬었다.

"여기 토머스 토머스 같은 사람이 또 있군요. 토머스 토머스보다 백만 배는 더 나쁘다는 게 다른 점이지만요. 토머스 토머스의 발명품이 최고였다면 이해할 수 있어요. 최고가 상을 받는 게 당연한 거니까요. 하지만 토머스 토머스는 남자라서 상을 받고 난 여자라서 상을 못 받는 건 말이 안 되는 일이잖아요."

나만 아는 이야기에 사람들이 산만해지기 시작했다. 나는 서둘러 유리 사진판을 배낭에서 조심스레 꺼냈다.

"XT28E." 나는 큰 소리로 말하며 사진판을 청중에게 들어 보였다. "여러분은 지금껏 스모크 행성이라고 알고 계셨지만, 이 행성을 처음 발견한 사람은 바로 우리 할머니입니다. 이게 할머니가 찍은 사진입니다. 보세요, 아랫부분에 'J. M'이라고 나와 있죠?"

스모크 교수의 얼굴에서 웃음이 가셨다.

"어, 아, 음, 어디 보자. 오, 맞군요, 무어 박사님. 아, 박사님이 직접 말씀하셨어야죠! 그러니까, 맞아요. 우린 함께 일했었죠. 오래전 일이네요. 저는 많은 분과 일했습니다. 어설픈 제 기억력을 용서하십시오."

그는 당황한 티를 내지 않으려고 한 손으로 머리카락을 쓸어 넘겼다.

여기저기서 사람들이 웅성거리기 시작했다.

"하지만, 그게 다입니다. 저는 속임수를 쓰지도, 도둑질을 하지도 않았습니다. 절대 그런 짓은 하지 않았습니다. 너희 할머니는 언제든 그 사진을 찍을 수 있었을 거다. 그래, 찍은 게 확실하구나. 그러니까 내가 발견한 것을 공개한 후에 말이지. 아마 천문대 사람들 절반은 그 사진을 갖고 있을걸. 물론 내 것도 있지. 어디 한번 보여주마. 트레버? 트레버! 내 유리판 어딨지?"

스모크 교수에게 혹사당하는 개인 비서, 트레버가 서둘러 단상 위로 올라왔다. 그의 추레한 녹색 양복은 꾸깃꾸깃한 주름투성이였다. 아마 스모크 교수의 지시사항을 처리하느라 다림질할 시간조차 없었나 보다. 그는 낡아빠진 가죽 서류 가방에서 사각 유리판을 꺼내 스모크 교수한테 건넸다.

"한번 볼까, 꼬마 아가씨." 스모크 교수가 의기양양한 표정으로 나를 보며 말했다. "이게 내 유리판이란다. 보이지? 네 할머니가 나보다 한발 앞섰다고 확신한다면, 그러니까 네 할머니가 그 행성을 가장 먼저 발견했다고 확신한다면, 그걸 증명할 만한 증거를 가져와야지. 안 그러니?"

그러자 조스 할머니가 앞으로 나아갔다. 우리가 시상식장 문을 박차고 들어온 이후로 처음 나서서 말하는 것이었다. 할머니는 스모크 교수 앞에 서서 그의 눈을 똑바로 바라봤다.

"말해봐요, 타퀸."

스모크 교수가 침을 꿀꺽 삼켰다.

"당신은 XT28E를 몇 월 며칠에 발견했죠? 정확한 날짜를 알려주세요. 유리판 아래에 있는 시간을요."

스모크 교수가 눈을 굴렸다.

"내가 그것까지 증명해 보일 의무는 없는 것 같은데."

할머니는 팔짱을 낀 채 그를 뚫어지게 쳐다봤다.

"난 어떤 행성을 발견했죠. 탐사선이 언젠가 거기로 떠날 수 있다는 생각에 몇 달에 걸쳐 신중하게 행성의 진로를 표시했어요. 그 행성에 도달하기 위한 방정식을 계산한 건 물론이고요. 당신이 지금 여기 있는 이유는 바로 내가 발견한 것을 당신의 업적이라고 주장했기 때문이죠. 그래, 좋아요. 당신 말이 맞다면 증명해 보이세요."

스모크 교수가 할머니를 노려봤다. 할머니의 폭로에 어떤 반응을 보여야 할지 난감한 표정이었다.

그때 노벨상 심사위원장이 헛기침하며 끼어들었다.

"어쨌든 우리 모두 확인해야 하는 사안이니 한번 논의해보는 게 어떨까요? 그런 다음 수상을 이어가면 될 겁니다."

스모크 교수의 이마에 땀방울이 맺혔다. 그는 목을 가다듬었다.

"어디 봅시다. 음, 그런데 글자가 너무 작군요."

모두가 혼란스러운 가운데 이 상황을 지켜봤다. 스모크 교수는 왜 정확한 날짜를 말하지 못하는 거지?

심사위원장이 단상을 가로질러 스모크 교수에게 다가가 유리판을 유심히 봤다. 그러고는 T.N.I.S.라는 이니셜 옆에 찍힌 날짜를 확인해줬다.

"1967년 5월 29일이라고 나와 있네요."

"제 짐작이 맞네요." 할머니가 웃으며 말했다. "마틸다, 우리가 가진 유리판에 적힌 날짜를 읽어주겠니?"

유리판을 쓱쓱 문질러 거기에 찍힌 날짜를 찾으면서 내 심장은 마구 뛰었다.

"찾았다! 여기에 1967년 5월 28일로 적혀 있어요." 나는 뭐에 얻어맞은 것처럼 정신이 번쩍 났다. "5월 28일! 스모크 교수님보다 하루 먼저예요!"

"맞아요. 왜냐하면 내 기억으로는," 할머니가 고개를 끄덕이고는 스모크 교수를 바라봤다. "내가 그 행성을 발견했을 때 당신은 사무실에 없었어요. 늦은 밤이라 다음 날 당신이 출근하면 아침에 보여줘야겠다고 생각했죠."

"무슨 소리요! 뭔가 착오가 있는 것 같은데 그럴 리가 없어요."

스모크 교수가 당황했는지 헛기침을 했다.

그때 트레버 푸트에게 무슨 생각이 떠오른 모양이었다.

"잠시만요." 그가 서류 가방을 뒤적이더니 소리쳤다. "확인할 수 있겠어요!"

"뭐라고?" 스모크 교수가 비명에 가까운 소리를 질렀다.

트레버 푸트가 서류 가방 안에서 낡고 두꺼운 책을 한 권 꺼냈다. 평범한 수첩인 것 같았는데 햇수를 더해가면서 페이지가 늘어나 A4 바인더보다 두꺼워져 있었다.

"어디 보자. 1967년… 5월 28일이면… 아, 찾았다!" 트레버가 중얼거리며 몇 페이지를 뒤적였다. "교수님은 그날 클리소프스 호텔에서 온종일 회의에 참석하셨네요."

"무슨 소리야!" 스모크 교수가 버럭 소리 질렀다. "그럴 리가 없어. 제대로 봐봐."

트레버가 다시 한 번 그 페이지를 읽자 스모크 교수는 등골이 오싹해졌다. 진작 트레버를 내쳤어야 했는데.

"아뇨, 여기 전부 나와 있어요." 트레버가 미소를 억누르며 다시 확인해줬다. "똑똑히 기억해요. 당시 교수님은 한창 이런저런 프로젝트에 필요한 모금 활동을 하셨어요. 회의가 끝나고 나서는 다들 피시 앤 칩스를 사 먹으러 해변으로 갔죠. 그런데 게가 교수님 발을 무는 바람에 29일에도 천문대에 나가지 못했죠."

노벨상 심사위원장이 호기심 어린 눈빛으로 스모크 교수를 주시했다.

나는 신나서 몸이 들썩거리는 걸 간신히 참았다.

스모크 교수는 안간힘을 썼다. "음, 여긴… 좀 후덥지근하군요." 그는 농담으로 넘겨보려 했지만, 이쯤 되자 당황한 기색을 더는 숨길 수 없었다. "누가 물 한 잔만 가져다주시겠습니까?"

모두의 시선이 스모크 교수에게 쏠려 있었다. 그는 위엄을 잃지 않으려고 애쓰면서 근엄한 표정을 지었다.

"감히, 감히 네가 나를 함정에 빠뜨리다니!"

"여기 글로 적혀 있는걸요!"

내가 소리치자 스모크스 교수가 항의하듯 말했다. "난 용납 못 해." 그러고는 노벨상 위원장에게 손가락을 흔들어 보였다. "귀빈을 이렇게 대접하는 법이 어딨소? 정식으로 이의를 제기할 겁니다!"

노벨상 심사위원장이 나와 사진판을, 그리고 조스 할머니와 스모크 교수를 번갈아 봤다.

"반박할 수 없는 확실한 증거로군요."

"당시 책임자는 나였소." 스모크 교수가 씩씩거렸다. "선임 과학자도 나였고. 노벨상은 내가 받아야 한단 말이오!"

"알았습니다. 그런데 그 행성을 제일 처음 발견한 게 정말 당신 맞나요? 그 모든 연구를 당신이 하신 게 맞습니까?"

스모크 교수의 얼굴에서 핏기가 싹 가셨다.

"나는, 나는—"

그는 할 말을 잃고 더듬거렸다. 천여 명의 청중이 바라보는 가운데, 스포트라이트의 번쩍이는 불빛 아래 그의 어깨가 축 처졌다.

"그러니까, 알겠소. 아니, 난 그랬던 것은 아닌—"

조스 할머니가 한숨을 훅 쉬었다. 수십 년간 쌓여온 긴장과 억눌렸던 분노가 할머니 몸에서 빠져나가는 느낌이었다.

스모크 교수의 눈에 눈물이 고였다. 갑자기 80년의 세월이 내려

앉은 듯, 그의 눈이 움푹 꺼지고 퀭해 보였다.

바로 그 순간 나는 친절하게 굴기로 마음먹었다. 좋아, 수십 년간 조스 할머니는 그 사람 때문에 업적을 인정받지 못하고 마음고생을 했어. 그 사람은 지난 50년간 말도 안 되는 거짓말을 해왔지만, 이제 만천하에 공개됐으니 더는 그 사람의 고통을 고소해하면서 더 비참하게 만들 필요는 없겠지.

나는 위로하듯 그의 팔을 잡았다.

"무슨 일인지 저도 알아요." 나는 부드럽게 말했다. "전 학교 과학경진대회에서 상을 못 탔어요. 사람들은 여자애가 핸디-핸디-핸드를 발명했을 리 없다고 생각했거든요. 그걸 만들려면 용접이 필요하니까요. 아무도 조스 할머니가 발견했을 리 없다고 생각하리란 걸 알고 그 행성을 발견했다고 거짓말하신 거예요?"

스모크 교수가 생각에 잠겨 나를 바라봤다.

"그런 것 같구나." 그는 슬픈 표정으로 대답했다. "난 그저 세상을 변화시키고 싶었을 뿐이다. 세상에 이바지하고 싶었던 거지. 그 당시엔 여성 과학자가 별로 없었단다. 아무도 진지하게 생각하지 않았어. 내가 그 행성을 발견했다고 말하면 아무도 의심하지 않으리란 걸 알았다. 조슬린이 발견했다고 하면 다들 의심했겠지. 그 당시엔 그게 일반적이었어. 그렇다고 그게 옳다는 건 아니다만."

바로 그 순간 뜻밖에도 놀라운 일이 일어났다.

"당연히 옳지 않죠!" 청중석에서 누군가가 소리 높여 말했다. "그걸 마틸다 효과라고 부르죠."

나는 그 목소리가 들려온 곳을 유심히 살폈다.

"아빠?"

아빠가 단상의 계단을 올라 내 쪽으로 왔다.

"저희 어머니가 영예의 주인공이 되지 못한 건 옳지 않습니다." 아빠는 나와 스모크 교수와 청중을 향해 말을 이었다. "저희 어머니가 여성이라는 이유만으로 사람들은 스모크 교수를 철석같이 믿었던 겁니다. 그에 걸맞은 이름이 있죠."

아빠는 양복바지 뒷주머니에서 종이 쪼가리를 꺼낸 뒤 그걸 또박또박 읽었다.

"마틸다 효과는 여성 과학자의 연구 업적을 부정하고 대신 남성 동료에게 그 공을 돌리는 것이다. 저희 어머니의 사례뿐만 아니라, 생각보다 훨씬 많이 일어나는 일이죠. '당시엔 그랬다'는 말은 변명이 될 수 없습니다. 그 당시뿐이 아니라 지금도 마찬가지니까요."

아빠는 내 어깨에 손을 올려놓고 말을 이었다.

"여전히 일어나는 일이라서 제 딸아이의 발명품도 교내 과학경진대회에서 최고였지만 상을 받지 못했죠. 여자애라는 이유로 아무도 스스로 발명했을 거라고 믿어주지 않았던 것입니다."

아빠는 눈물로 촉촉해진 얼굴로 나를 봤다.

"엄마랑 나는 좀 생각할 시간을 가졌단다, 마틸다. 네가 하는 일을 진심으로 이해해주지 못해 정말 미안하구나. 지난 이틀간 넌 뭐든 할 수 있다는 걸 증명해 보였어! 끈기와 용기, 그리고 발명가가 되겠다는 반짝이는 상상력을 가진 사람이 있다면, 그건 바로 너일 거야. 절대 포기하지 마라, 마틸다!"

나는 목이 메었다. 아빠가 나한테 그렇게 멋진 말을 해준 건 처음이었다.

"우린 네가 무척 자랑스럽단다, 마틸다." 청중석의 맨 앞줄에서 엄마가 소리쳤다. "넌 절대 안 된다고 생각하지 않고 직접 뛰어들어 뭔가를 해내잖니!"

나는 아빠 품에 와락 안겼다.

"그럼 저 혼내실 거 아니죠?"

"그럼, 당연히 혼내야지." 아빠는 무표정한 얼굴을 유지하며 말했다. "가출해서 우리 연락을 무시한 벌로 외출 금지다. 하지만 우리끼리 하는 말인데 우린 굉장히 감동했다."

"아주 좋아요, 좋군요." 심사위원장이 나와 아빠의 등을 두드려주고 부산하게 움직였다. "시청사 대관 시간이 정해져 있는 관계로… 이 상은 이제 적임자에게 돌아가야 할 것 같군요. 신사 숙녀 여러분, 스모크 행성을 발견한 공로로 노벨 물리학상은— 아니, 이제 그렇게 부르면 안 되겠군요… 아무튼 그 행성을 발견한 공로로, 그리고 지금까지 가장 멀리 떨어졌다고 알려진 행성에서 탐사선이 데이터를 전송할 수 있도록 항로를 측정한 공로로— 조슬린 무어 박사님께 이 상을 수여합니다!"

모든 사람이 자리에서 일어났다. 조스 할머니가 단상 앞으로 걸어 나가자 엄청난 박수가 쏟아졌고, 커다란 조명이 할머니의 얼굴을 비췄다.

"멋져요, 할머니!" 내가 소리쳤다.

"멋져요, 어머니!" 아빠가 허공에 주먹을 밀어 올리며 소리쳤다.

"이 이야기의 판권을 사서 꼭 영화로 만들 거야!" 브라이언이 청중석 뒤에서 소리쳤다.

심사위원장이 조스 할머니한테 트로피를 수여하고 할머니가 떠나갈 듯한 박수 소리에 허리 숙여 인사하자 내 심장은 터져 나갈 것만 같았다. 의심의 여지 없이 지금이야말로 내 인생 최고의 순간이었다. 부모님과 함께 이곳에서 이 순간을 누릴 수 있어서 너무나 기뻤다.

아빠와 내가 단상 계단 아래로 내려가자 조스 할머니가 놀라운 행동을 보여줬다. 할머니는 두 손으로 머리를 감싸 쥔 채 체념한 모습으로 앉아 있던 스모크 교수에게 다가갔다.

"당신을 용서해요, 타퀸."

그렇게 50년간의 마음의 고통이 사라져버렸다.

청중석이 조용해졌다. 아직 노벨상 수여 대상자가 몇 명 남았다. 남은 수상자들에겐 미안했다. 다른 사람들은 조스 할머니만큼 열렬한 호응을 얻지 못할 테니까.

강당 통로 아래로 걸어 나오는데 마르고 키가 큰 한 여인이 자리에서 일어서더니 손을 내밀었다.

"안녕하세요."

엄마와 아빠는 놀라서 헉하고 숨을 들이켰다.

"총리님!" 아빠가 말했다.

“박사님을 만나 뵙다니 영광입니다.” 영국 총리가 조스 할머니에게 말하며 흥미로운 눈빛으로 나를 유심히 내려다봤다. “그러니까 네가 바로 그 이메일을 보낸 아이로구나?”

나는 진심으로 총리와 악수했다.

“네, 그게 저예요.”

갑자기 아이디어가 머릿속에 떠올랐다. 정말 많은 것을 이루었지만, 마지막 한 가지를 더 해결하고 싶었다. 나는 배낭을 뒤져서 핸디-핸디-핸드를 꺼냈다.

“이게 제 최고의 발명품이에요. 제가 이메일에도 적었는데.”

내가 다양한 기능을 차례로 선보이자 총리는 열심히 고개를 끄덕였다.

곁눈질로 보니 아빠가 핸디-헨디-핸드를 호기심 어린 눈빛으로 바라보고 있었다. 정말 처음 보기라도 하는 사람처럼.

“정말 훌륭한 공학적 발명품이구나.” 총리가 말했다. “우리 관저에도 이런 게 필요할 것 같다. 여러분 모두 이 발명품을 보여주러 제 관저에 놀러 오지 않으시겠어요? 몇 개 더 만들어달라고 의뢰해야 할 것 같은데, 그래도 괜찮을까?”

나는 고개를 끄덕였다. 관저가 ‘다우닝 가 10번지’의 진짜 총리 관저를 말하는 거라면 나야 좋지. 게다가 제작 의뢰라니? 토머스 토머스 녀석도 알게 되겠지! 이런 식으로 가다간 국제 특허 출원료를 벌기 위해 8년간 채식주의자용 오븐 파스타를 안 먹어도 될지 몰라! 이야호!

총리가 내 등을 토닥였다.

"너 같은 여자애들이 바로 우리나라의 미래란다. 우리에겐 발명가 마틸다 같은 사람들이 더 많이 필요해."

조스 할머니가 몸을 기울여 나를 안아줬다. "임무를 완수했구나, 마틸다! 정의를 위하여!" 할머니가 속삭였다.

"정의를 위하여!" 나도 할머니처럼 소곤소곤 말했다.

모든 일이 끝난 후 나는 우리 가족과 내가 어떻게 집에 가게 될지 궁금해졌다. 그 부분은 정말 생각해본 적이 없었다.

총리가 웃으며 내 어깨를 토닥였다.

"집까지 차로 가기보다는 나와 함께 전용기로 가는 게 어떨까?"

나는 다시 묻지 않았다.

"네, 제발요. 이제까지 타본 것 중 최고의 이동 수단이 될 거예요!"

그 말에 모두가 웃음을 터뜨렸다.

"아, 그리고 마지막으로 행성 이름을 바꿔야겠군요." 총리가 말했다. "이제 스모크 행성이 될 수 없다는 게 분명해졌으니, 조슬린 행성은 어떨까요?"

나는 자부심이 마구 샘솟는 느낌이었다. 얼마나 멋진 일인가!

"아닙니다." 조스 할머니가 단호하게 고개를 저었다.

"아니라고요?" 총리가 어리둥절해서 물었다.

"아니라고요?" 내가 따라 물었다.

"아니라고요?" 아빠가 소리쳤다.

"다른 이름으로 부르고 싶군요." 조스 할머니가 설명했다. "더 어울리는 이름으로요. 마틸다 행성이라고 하면 어떨까요."

그 말을 듣고 내 마음은 사랑과 고마움으로 가득 차올랐다. 우리 할머니가 엄청 멋진 분이라는 거, 전에 얘기했던가?

"좋군요." 총리가 고개를 끄덕였다. "마틸다 행성."

하! 맛 좀 봐라, 토머스 토머스! 맛 좀 보라고요, 용커, 바니, 도프먼 씨! 천 파운드짜리 개 사료 쿠폰 따위에 비할 게 아니라고요!

뛰어난 여성 과학자의 인용구를 찾기가 어렵다고 했던 말이 기억나는가? 여기 이 말을 보시라.

조스 할머니를 아무 계획 없이, 여권 없이 스웨덴으로 데리고 갈 수 있다면, 나는 마음먹은 것은 뭐든지 할 수 있는 것이다.

바로 내가 한 말이다. 그래, 나는 아직 뛰어난 과학자는 아니지만, 나를 막을 수 있는 건 아무것도 없다. 총리는 나한테 핸디-핸디-핸드를 더 만들라고 의뢰할지 모른다. 그럼 나는 유명한 발명가가 되겠지! 마틸다 무어의 앞날은 탄탄대로란 말이지!

지난 31시간 동안 겪은 모든 일을 떠올리니 눈물이 차올랐다. 배를 타고 칼레에 도착해서 택시로 크리엘 쉬르 메르에 갔다가 가짜 프랑스인 유명 배우와 열기구를 타고 파리로 갔다가 다시 멋진 은색 차를 타고 함부르크로 건너가서 독에 중독된 사자가 있는 서커스를 보러 갔다가 캐리어에 숨은 곡예사와 함께 덴마크 행 기차에 몸을 싣고 폭주족의 호위를 받으며 스웨덴까지 가는 여정일 줄 누가 상상이나 할 수 있었을까? 우리는 갱단 두목을 오래전에 헤어진 여동생과 만나게 했고, 영화배우가 진정한 자기 자신을 찾도록 격려했다. 이제 우리는 전용기를 타고 집으로 날아간다. 조스 할머니는 노벨상을 받았다. 그리고 난 개가 생겼다.

확실히 이보다 더 좋을 수는 없었다.

마틸다 무어의 발명가 목록

내가 예전에 뛰어난 발명가와 과학자와 공학자와 세상을 바꾼 역사적 인물의 전체 목록을 만들 거라고 얘기했던 게 기억나는가? 이쯤에서 운 좋은 독자들에게 내가 제일 좋아하는 사람들을 공개하겠다.

레이첼 짐머만(Rachel Zimmerman)

1984년, 레이첼 짐머만은 언어 장애인처럼 말 못하는 사람들이 대화하게 해주는 블리심벌즈(Blissymbols)라는 소프트웨어 프로그램을 개발했다. 특수한 터치패드를 사용해서 보드에 있는 기호를 가리키면 블리심벌즈 프로그램이 그걸 글자로 바꿔주기 때문에 사람들이 무슨 말을 하려는지 다들 읽을 수 있게 되었다. 아, 그런데 레이첼이 이 프로그램을 개발한 건 열두 살 때였다. 학교에서 과학 프로젝트로 만들었는데, 너무 훌륭한 발명품이라서 세계 청소년 발명품 전시회에서 은메달을 따게 되었다.

그해 우승자는 불인지 뭔지와 관련한 발명품을 내놓았는데, 대체 레이첼의 블리심벌즈를 어떻게 이긴 거지??

팀 버너스 리(Tim Berners-Lee)

그는 여성은 아니지만, 인터넷(월드와이드웹)을 처음 만든 사람이니 봐주기로 하자. 그의 전체 이름은 티머시 존 버너스 리 경 OM(메리트 훈장) KBE(대영제국 2등급 훈장으로, 기사 작위에 해당함) FRS(왕립학회 회원) FREng(왕립공학아카데미 회원) FRSA(왕립예술협회 회원) FBCS(영국컴퓨터협회 회원)이다. 어디 맛 좀 보시지, 스모크 교수!

사라 E. 구드(Sarah E. Goode)

총리 전용기를 타고 집에 가면서 작은 버튼을 눌러 승무원에게 땅콩 한 봉지를 더 먹고 싶다는 신호를 보냈다.(나는 버튼을 세 번이나 눌렀다. 엄마는 나보고 욕심이 많다고 했다.) 그런데 이런 식으로 비행기에서 쓰이는 '신호 전송 의자'를 발명한 여성이 바로 미리엄 벤저민(Miriam Benjamin)이라는 사실을 알게 됐다. 그녀는 발명품 미국 특허를 받은 두 번째 흑인 미국 여성이다.

첫 번째는 1885년 장롱에 들어가는 접이식 침대를 발명한 사라 E. 구드였다. 필요는 발명의 어머니라 했던가! 사라는 비좁은 집이나 연립주택에 사는 사람들(아빠는 설명했다. "그 당시 뉴욕에 사는 사람들 대다수였지.")을 돕고 싶어서 접을 수 있는 침대를 디자인했다. 침대로 쓰지 않을 때는 책상으로 사용하게끔 했다. 사라 E. 베리굿으로 부르는 게 더 어울릴 것 같다. 하하하.

스테파니 퀼렉(Stephanie Kwolek)

스테파니 퀼렉은 미국 화학자로, 폴리파라페닐렌테레프탈아미드라고 불리는 매우 질긴 합성섬유를 발명한 사람으로 잘 알려졌다. 이 섬유는 흔히 케블러라고 하는데, 방탄조끼와 자동차 타이어에 사용된다. 스테파니는 미국 발명가 명예의 전당에 오른 네 번째 여성이다.(나도 언젠가는 거기 올라갈 것이다.)

조슬린 벨 버넬(Jocelyn Bell Burnell)

조슬린 벨 버넬은 1967년 최초로 전파 펄서(전자기파 광선을 내뿜는 중성자별)를 발견한 사람이다. 하지만 당시 펄서를 발견한 공로로 노벨 물리학상을 받은 사람은 가장 먼저 펄서를 발견한 조슬린이 아니라 바로 그녀의 상사였다. 어디서 많이 들어본 이야기 아닌가?

로잘린드 프랭클린(Rosalind Franklin)

로잘린드 프랭클린은 열다섯 살 때 과학자가 되기로 결심했지만, 그녀의 부모님은 탐탁지 않아 했다. 그녀는 DNA 섬유에서 X선 이미지를 촬영하는 법을 알게 됐다. DNA 섬유는 세포를 만들 때 사용하는 우리 몸에 있는 정보다. 로잘린드가 찍은 사진 덕분에 제임스 왓슨과 프랜시스 크릭은 DNA의 실제 구조를 발견할 수 있었다. 그 공로로 노벨 생리의학상은 누가 받았을까?

로잘린드는 아니었다. 여기서도 어떤 패턴이 보이지 않는가?

투유유[屠呦呦]

과학은 생명을, 사람을 살린다! 1970년대에 투유유 박사는 아르테미시닌이라는 약을 발견했다. 이 약은 성가신 모기가 퍼뜨리는 열대병인 말라리아의 치료제로 쓰였다. 아르테미시닌은 20세기 열대 의학에서 획기적인 치료법으로 여겨졌고 전 세계 수백만 명의 목숨을 구하는 데 쓰였다. 투유유 박사는 노벨 생리의학상을 최초로 수상한 중국인이다. 노벨상은 사실 덤으로 보는 게 더 맞을 것이다. 수백만 명의 목숨을 구한 것 외에도 이것저것 많은 일을 했으니까!

디피카 쿠룹(Deepika Kurup)

생명을 구한 또 다른 여성은 바로 디피카다. 그녀는 태양광을 이용한 정수 시설을 발명한 사람이다. 덕분에 깨끗한 식수를 전 세계에 공급할 수 있게 되었다. 식수를 구할 수 없는 곳에는 실로 엄청난 발명품이었다. 게다가 깨끗한 물은 질병이 퍼지는 걸 막도록 도와주니 투유유 박사가 대단히 기뻐했을 것 같다. 그런데 디피카는 이제(2017년 현재) 고작 열아홉 살이다. 태양광을 이용한 정수 시설을 발명했을 때 그녀는 나보다 아주 조금 나이가 많았을 뿐이다.

알프레드 노벨

알프레드 노벨은 스웨덴 화학자이자 공학자로 다이너마이트를 발명한 사람이다. 그의 가족은 1850년대 크림 전쟁에 쓰인 무기를 생산했다. 그러던 어느 날 니트로글리세린(무거운 무색의 폭발성 액체로, 화약의 주요 성분)을 조제하던 헛간이 폭발로 날아가면서 알프레드 노벨의 남동생을 포함해 다섯 명이 죽는 사고가 일어났다. 이를 계기로 그는 니트로글리세린보다 다루기가 훨씬 안전한 물질인 다이너마이트를 발명하게 되었다.(그래도 손으로 만지는 건 역시 추천하지 않는다.)

폭발과 파괴에 평생을 바치고 나자 좀 더 좋은 일로 기억되고 싶다는 생각에 그는 노벨상을 만들어 다양한 과학 분야의 발전을 기리도록 했다.

레오나르도 다빈치

레오나르노 다빈치는 15세기의 유명 화가로 시대를 앞선 발명품을 내놓은 사람이다. 그는 생전에 오늘날 낙하산, 헬리콥터, 기관총, 잠수복, 장갑차, 볼베어링으로 알려진 것들을 스케치해서 그림으로 남겼다. 이야호! 여가 시간에는 세계에서 가장 유명한 그림인 〈모나리자〉를 그렸다. 다빈치는 67세에 세상을 떠났는데, 아마도 휴식이 필요해서였던 것 같다.

여러분의 이름 넣기

뭔가를 발명해보면 어떨까? 다른 사람들이 나를 어떻게 생각할지는 걱정하지 말자. 그냥 해보는 거다! 상상력에 한계는 없다! 실패를 두려워하지 말자! 뭔가 잘 안 될 때는 다음번에 제대로 하는 방법을 배울 기회라고 생각하면 된다. 실패하더라도 더 좋게 실패하면 된다. 토머스 에디슨이 전구를 발명하기 위해 천 번을 실험했던 걸 잊으면 안 된다!

아, 이제 마지막이네. 내 책을 읽어줘서 무척 고맙다. 그건 그렇고, 세계 최초의 소설은 〈겐지 이야기〉인데 11세기 초반에… 그래, 여성이 쓴 것이다. 당연한 말이지만.

이제 이런 얘기는 그만 떠들어야겠다. 이쯤 되면 내 말뜻을 알았을 테니.

마지막 책장을 덮기 전에…

독자 여러분은 아직 책을 덮지 않았겠지? 훌륭하다! 처음부터 끝까지 읽어줘서 고마울 따름이다. 난 끝까지 읽지 않기도 하는데, 주의가 산만해지기 때문이다. 〈해리 포터〉 같은 책을 읽다가 갑자기 머릿속에 생각이 떠오르면 책을 내려놓고 그림을 그려야 하는데(주방에 있는 대걸레 끝에 헤어드라이어를 개조해 달아서 진짜로 날아다니는 빗자루를 만들면 어떨까?), 그러다 보면 어디까지 읽었는지 잊어버리고 새 책을 읽게 된다. 나처럼 하지 않고 끝까지 읽어줘서 고맙게 생각한다.

조스 할머니는 그리니치 왕립 천문대에서 일할 때 마틸다 행성을 발견했다. 천문대에 영국에서 제일 큰 적도의(赤道儀) 망원경이 있었던 덕분에 할머니 같은 천체물리학자들은 엄청난 발견을 할 수 있었다. 그리니치 천문대는 이제 실험실로 쓰이지 않지만, 박물관으로 개방되어 언제든 가서 구경할 수 있다.

조스 할머니와 나는 다음 달에 천문대에 다시 가서 할머니의 노벨상을 자랑하고 할머니 이름이 새겨진 명판을 걸게 된다. 정말 신난다.

이런 일을 겪고 나서 나는 별과 태양계 행성 외에 다른 행성들도 한층 더 알고 싶어졌다. 이미 그 행성과 위성 들의 이름도 다 지어 놓았다.

밤하늘을 보며 북두칠성도 찾을 수 있다. 큰곰자리에서 밝게 빛나는 7개 별의 패턴(별자리라고도 한다)이다. 쇼핑 카트처럼 생겼는데, 별 네 개가 직사각형 모양을 이루고 별 세 개가 카트 손잡이 모양처럼 보인다. 하늘에서 제일 찾기 쉬운 별자리일 거라고 생각한다. 나는 오리온자리의 세 별과 북극성도 찾을 수 있다. 내가 여러분이라면 맑은 날 밤에 둘 다 찾아볼 것이다. 아주 많이 반짝이며 빛나서 우주가 얼마나 넓은지, 그리고 얼마나 끝없는 가능성이 펼쳐져 있는지 느낄 수 있을 것이다.

과학 트릭, 발명, 공학, 핸디-핸디-핸드, 폭발하는 봉투, 천체물리학, 독에 중독된 사자 치료, 접착제 만들기, 클리프턴 현수교, 콜라병 안에서 부식되는 돈, 별 관측이니 하는 이 모든 것은 결국 과학이라는 주제에 해당한다. 과학자가 되고 싶다면 여러분은 아주 운이 좋은 셈이다. 할 수 있는 게 정말로 많으니까.

그러니 더 망설여야 할 필요가 있을까?